JN147489

「ではジル様、
ぎゅっとしてください！」

笑顔で、イライザは両手を広げる。

「はい？」

「密着しないと調べられません」

にこやかにきっぱりと、イライザは言い放つ。

Characters
ジル・ホワイト
シーラ
イライザ・テイラ

エリス・アラムデッド
クロム・カウズ
アエリア・ブライド
アルマ・キラウス

右手で弓の弦から引き絞るように、
矢をつくり出す。
鮮血の真紅の矢だ。
鋭さも硬さも申し分ない。
これまで通りに射てばいい。
ディーン王国でもやっていた、盗賊
討伐やモンスター退治を思い出せ。

紅き血に口づけを
~外れスキルからの逆転人生~

1

著 りょうと かえ
イラスト ながれぼし

目次

プロローグ　エリスとイライザ

絢爛豪華な真夜中の晩餐会のことだ。

星明かりとろうそくに彩られ、長身のヴァンパイア族ががやがやと歓談していた。

大陸ではヴァンパイア族は怪物ではなく、ちゃんとした人間種族である。人間やエルフとも、なんの問題もなく子どもをつくれるのだ。

ディーン王国の人間である僕は、ヴァンパイア族が主催する晩餐会に馴染めないでいた。

愛想笑いと、取って付けたような話題でごまかすしかない。

十六歳の僕にとって、ヴァンパイア族の貴族はやはり付き合いづらい相手だ。

王族も列席する晩餐会にあって、若すぎる僕が話題についていくのは難しい。

それでも苦にならないのは、立派な婚約者がすでに僕にいるからだ。

僕は椅子に座ると、歩き回る婚約者を眺める。

僕の婚約者は銀髪のエリス、ヴァンパイア族が支配するアラムデッド王国の第三王女だ。

切れ長の紅い瞳、陶器のような白く整った顔立ちとつややかな肢体を持ち、ディーン王国でも滅多に見ないほど美しい女性である。

それだけじゃない。気まぐれな面もあるけれど、時折見せてくれる優しい側面はたまらない。さらに武術や魔術についても、一流の使い手なのだ。

ディーン王国は大陸三大国の一つ、アラムデッド王国は中堅国家だ。エリスの姉たちはアラムデッド王国と同規模の中堅国家に嫁いでいった。

僕と彼女の婚約は、いわゆる政略結婚だ。日和見主義的なアラムデッド王国と強固な関係を結ぶための結婚でしかない。ディーン王国が大陸三大国から頭一つ抜けるための、重要な結婚だ。

とはいえ、ひと目会って彼女の美しさに僕は魅了されていた。今までで会ったことのない姫様らしいエリスの振る舞いも、僕を虜《とりこ》にしていった。

彼女の指先が僕の頬を撫《な》でるだけで、ぴりりと脳の奥が痺《しび》れる。ふわりと彼女の髪が目の前で揺れると、どきどきする。

きっとこれが、女の人を好きになるということなんだろう。

エリスが肩にかかる銀髪を揺らし、きれいな顔を紅潮させている。

ドレスに強調された豊かな胸を揺らして、晩餐会を歩き回り早口で喋《しゃべ》り続けていた。

ヴァンパイア族である彼女と、人間の僕では気質に細かな違いがある。

ちょっと妙だな、と僕は感じた。

いつもは低血圧のヴァンパイア族がこうである時は、あまりよくない。

何かあったかなぁと気を揉《も》んでいるとエリスが突然、宣言をぶちあげた。

それは、度肝《どぎも》を抜くものだった。

「お集まりの方々！　わたくしアラムデッド王国第三王女エリス・アラムデッドは、ディーン王国のジル・ホワイト男爵との婚約を破棄いたします！」

はぁ!? 名指しされた僕――ジル・ホワイトは椅子を蹴倒し、立ち上がった。

いきなりのことに、わけがわからない。

エリスの話は、まだ終わらなかった。

「あわせて、新たにブラム王国のクロム・カウズ伯爵とエリス・アラムデッドとの婚約を決定したことをご報告します！」

立ち上がった僕は、そのまま凍りついてしまう。

婚約破棄と……なんだって？

会場も、どよめきと戸惑いが広がっている。つややかな銀髪のエリスは、得意満面だ。

いきなりのことに、目の前が真っ暗になる。

没落貴族の僕に訪れた天からの恵み、王女との婚約はいきなり終わりを告げられたのだ。

しかも、よりによってブラム王国は大陸三大国の一角で、ディーン王国とは長年緊張状態にある。

口を開く前にエリスは髪をかき上げて、僕に向かって言葉を続ける。

「あなたよりも、よいスキルの持ち主が見つかりました。あと、爵位も背も高いんですもの」

エリスの声は、今までに聞いたことがないほどつやがある。

そんな彼女の隣に、にやにや顔の黒髪の優男《やさおとこ》が現れた。二十代の半ばくらいだろうか。背格好は僕よりも高い。

絵になる男というのが、悔しいがピッタリだ。着ている服も装飾品も、僕より上等品だった。

「初めまして、紹介させてもらったクロム・カウズだ。二度と会うこともないだろうが」

なんて嫌味な男だ。

ムカつく顔はそのままに、嘲笑《あざわら》いの色を濃くしていく。

「俺のスキルは《血液無限》、君の《血液増大》よりも格上だ」

足元が大きく揺れた気がした。

ヴァンパイアに血を吸われても大丈夫な僕のスキル、《血液増大》。

十五歳で神から授かった《血液増大》のおかげで、僕はヴァンパイア族の王女の婚約者になれたのだ。

どの国の貴族でも十五歳になれば、聖教会の神官を通じてスキルを一つ得られる。

しがない男爵にすぎず、武功も金もない僕だ。

スキルのおかげだと陰口をきかれても、静かに我慢してきた。

可愛い妹のため、ひいては国のためだ。

エリスの気まぐれにも、僕は耐えてきた。気位の高いエリスに手を繋ぐことも許してはもらえず、日々を暮らしてきたのだ。

ヴァンパイア族の王女は、吸血に耐えるスキル持ちとしか結婚しない。

古い掟《おきて》らしいが、それでなんとか婚約者になれたのだ。

最近では——思い返すとあからさまに不機嫌なことが多かった。

結婚式が近づくにつれて、僕と結ばれるという事実を受けいれたくないようだった。

それがなんということだ。確かにクロムの《血液無限》は、僕のスキルより上位に聞こえる。

ざわめきも、非難だけではなくなる。驚きと感嘆の声が交じり始めた。

掟のことは、晩餐会の参加者なら周知のはずだ。

僕がスキルと最低限の爵位で、婚約者になったこともだ。

エリスにそれほど愛されていないとわかっていても、信じられなかった。

「さぁ、何か言うことはあるかな？　元婚約者君」

口の中が乾いていく。

ブラム王国は、僕の故国と同格だった。

その上爵位は向こうが上なのだ。

立ちくらみがする。認めるしかなかった。

勝てるところが一つもないのだ。

僕は膝から崩れ落ちそうになった。

「待たれよ」

重々しい声が、広間の奥から聞こえてくる。

静かだが威厳があり、よく響き渡った。

「お父様……！」

「これは………国王陛下！」

声の主はヴァンパイアの王、カシウ・アラムデッドであった。

筋骨たくましく、風格に満ちた壮年の王様だ。

髪も髭も白くなっているが、いまだ精力的な王である。

カシウ王は足音を鳴らしながら僕たちに近寄ると、厳しい目で二人を睨《にら》んだ。

その様子に、広間の全員が息を呑む。

「貴様……クロムとか申したか。嘘をつくでないわ！」

雷のような怒声が鳴り響いた。

てっきり婚約破棄の件と思いきや、違う理由で激怒していた。

「《血液無限》だと⁉　貴様《きさま》のスキルは《スキル詐称》ではないか‼」

「お父様⁉　な、なにを仰《おっしゃ》るんです……神官の証明書もありますのよ！」

「そ、そうです！」

明らかにうろたえる二人に、カシウ王は眉を深く寄せる。

僕も面識があるが、こんな様子は初めて見た。

「書類など神官に金を握らせれば、どうとでもなる！」

「そ、それだけじゃありませんわ！　クロムは血をいくら吸っても大丈夫ですのよ！」

なっ……⁉　僕は絶句した。

ヴァンパイアにとって、吸血は栄養摂取なんかじゃない。

特に、相手の首筋に歯を立てる本来の『吸血』の意味は重い。

それは、寵愛や性的な契《ちぎ》りと同義なのだ。

もちろん、僕はまだエリスに血を吸われたことはなかった。

エリスの告白を聞き、カシウ王はさらに燃え上がった。

体面を捨て、怒鳴りつける。

「エリス、この者の血をもう吸ったのか⁉」

エリスは一瞬しまったという顔をしたが、すぐに開き直ることにしたらしい。

場違いなほど、すまして返事をしたのだ。

「ええ、確かめるついでに血を吸いましたわ」

「この愚《おろ》か者めが‼」

カシウ王は素早くエリスの頬を打つ。

エリスも含めて、広間の誰も予期していない行動だった。

そのままエリスは床へと倒れていく。

「エリス、余のスキルは何だ！」

「は、はぁ……⁉」

「忘れたのか、余が神より授かった力を！」

ものすごい剣幕のカシウ王に、頬を押さえるエリスは矢継ぎ早に答えるしかない。

「《夜の召喚》……ですわ」

「それは偽《いつわ》りだ。余のスキルは、別にある」

僕も含めて広間の全員が悟った。

真に高位の人間はスキルを偽《いつわ》る、という話は聞いたことがある。

より箔《はく》をつけるために、伝説上のレアスキルを所持しているとうそぶく。

ところがカシム王は、箔を自ら投げ捨てたのだ。

一国の王として恐ろしい決断だった。

「余のスキルは《絶対看破》！　余の眼には、その男の嘘がはっきり見えておる！」

「……！」

クロム伯爵の顔が一瞬で青ざめた。

そのさまは、カシウ王が真実だと認めるようなものだ。

絶対系列は、あらゆるスキルのなかでも最も強力だった。

それこそ伝説級と言ってもいいだろう。

まさかそんなスキルを持っているとは、夢にも思わない。

「お前たち二人は余の許しもなく、古い掟をも踏みにじった！　覚悟せよ！」

カシウ王はきっぱりと宣告すると、今度は僕に歩み寄ってきた。

情けない僕を叱りに来たのだろうか？

思わず僕は身構えてしまう。

「まことにすまぬ、ジル殿」

今までとは打って変わり、沈んだ声だった。

一国の王が僕ごときに謝罪したのだ。それだけで、僕は恐縮してしまう。

「……この償《つぐな》いは必ずしよう。今は、部屋へと戻ってくれぬだろうか？」

心の底からありがたい申し出だ。気がつけば、僕の心も煮えたぎっていた。
そして、今にも爆発しそうだったのだ。
近衛兵に丁重に送られる僕は、崩れ落ちた二人を見下ろした。
エリスは呆気《あっけ》にとられ、クロム伯爵はぶるぶると床を見つめている。
二人の未来はどうなるのか。
ほんの少しだけ、僕の気は晴れたのだった。

自室に送られるや、僕はベッドにうつ伏せに倒れこんだ。
明かりもつけっぱなし、服もそのままだけど構うものか。
しばらく滞在している自室は、高級感溢れる眩《まぶ》しい部屋だ。
ちゃんと警報の結界《けっかい》も張ってあり、安心である。
つややかで落ち着いた家具は、男爵の僕にはとても手が届かない。
全ては、王女の婚約者だから用意されたものだ。
早く、早く忘れたかった。
眠って起きても、なにも変わらないことはわかっている。
ただひたすらに意識を断ちたかった。
悪夢から覚《さ》めたかった。
なのに、心臓はばくばくと血を頭に送り続けている。

胸がむかついて、吐きそうだ。
神経が暴れてとても眠れない。
顔を横たえると、カーテンの開いた窓が目に映る。
なにも遮《さえぎ》るもののない、闇夜が広がっている。
空虚で、全てを吸いこむ漆黒《しっこく》だ。
ここは何階だっけ？
ふと、僕は思いついた。
窓から飛び降りれば、全て終わる。
確実な平穏が訪れるのだ。
朝になっても、婚約破棄は変わらない。
今なら、自殺しても妹の生活はディーン王国とカシウ王がなんとかしてくれるだろう。
むしろ下手に生きていたほうが、妹の名誉にも傷がつくんじゃないか？
公衆の面前での婚約破棄だけでも、男爵程度の家名は吹き飛んだ。
さらに王女を寝取られたも同然、吸血まであの男に先を越された。
金を積まれても謝られても、このアラムデッド王国に長居はできない。
とはいえ、国に戻れば嘲笑は避けられない。
国命で送り出されてこんな体たらくなんて、僕も聞いたことがない。
百年先までの笑いものだ。

妹の今後を考えると、婿《むこ》も見つけるのも難しくなるだろう。
せっかく楽をさせようと思ったのに、ひどい兄である。
つくづく間抜け、とんだ道化だ。
……やはり、飛び降りたほうがよさそうだ。
そのとき、扉が控えめにノックされる。
誰だ、これから死のうとするときに無粋なやつがいるものだ。
返事をしないでいると、勢いよく扉が開け放たれる。
入ってきたのは、よく見知った顔だった。
僕の補佐として一緒に送り出されたディーン王国の宮廷魔術師、イライザだった。
息を切らせて、ベッドに沈む僕に駆け寄ってくる。
年齢は少し僕より上程度だが、王国でも才媛として有名な彼女だ。
それだけじゃない。胸までかかる空色の髪、小さくて知的な顔立ち。
単純に、彼女は可愛いのだ。
さらに厚手の魔術師の服を着ていてもわかるほど、大きな胸もある。
貴族の令嬢とは違って着飾った感じがなく、それでいて美貌もある。
僕もずいぶん助けられている。
まさに美《うるわ》しの魔術師だった。
晩餐会の顚末《てんまつ》を聞いて、飛んできたのだろう。

当たり前か、あんな大勢の前での茶番劇だ。

「大丈夫ですか⁉」

心配してくれてるのだ、僕みたいなやつを。

仕事とはいえ、優しさを心から感じてしまう。

「……大丈夫じゃない」

正直に僕は、言葉を絞り出した。

胃が口から出そうになるのを堪《こら》えながら。

「消えてなくなりたい……」

先祖どころか、誰にも会わせる顔がない。

情けないにもほどがある。

「こ、これを………！」

慌《あわ》ててイライザはポケットから、親指サイズの小瓶を取り出した。

「気持ちを落ち着かせる薬です」

ああ、なんてできた魔術師なんだ。

美しくてその上、如才ない。

僕とは大違いだ。

ゆっくりとベッドから体を起こす。

僕の顔をしっかりと見た瞬間、イライザが息を呑んだ。

よほど、今の僕はひどい顔をしているらしい。
それでも臆《おく》することなく、顔の近くに小瓶を持ったイライザの手がくる。
「どうぞ………これを飲んで寝てください」
むしゃくしゃした衝動が突然、湧き起こる。
自分でもわからないほどの荒波だ。
なにもかもぶち壊せ。
どうせ死ぬんだ。
ちょっとくらい、いい思いをしてもいいだろう。
イライザに甘えてしまえ。
僕はイライザの腕をつかみ、ベッドに引き倒した。
美しい肢体《したい》が、ベッドに横たわる。
「………っ！」
イライザが眼を見開くが、声は出さなかった。
でも大きな胸は上下して、動揺している。
思った通りだ。イライザは本当に優しい。
乱暴にした僕を、跳《は》ねのけない。
死ぬ前の思い出づくりだ。
エリスもクロムとしたことだ！

僕がして、なにが悪いんだ。

そのとき、僕ははっと驚いた。

イライザが僕の右手を取り、豊かな胸に乗せたのだ。

真剣な瞳でイライザが僕を見据える。

「これで……ジル様の気が紛《まぎ》れるのなら、構いません」

彼女は震えながら、僕の手をさらに胸に押しつける。

不覚にも、柔らかな感触を感じてしまう。

イライザの予想外の振る舞いに——僕は正気に戻った。

欲望は一気に吹き飛んでいた。

ぱっと彼女の胸から手を放す。

あまりの気まずさに、彼女の顔を直視できない。最低なのは、僕だった。

イライザには、なんの落ち度もない。

彼女は、優しく様子を見に来てくれただけじゃないか。

それにつけこむように、押し倒した。エリスに振られて当然の男だ。

僕は、彼女が握っている小瓶を取った。中には黒ずんだ液体が入っている。

栓を開けると、つんとしたハーブの匂いがする。苦手な匂いだったが、一気に飲み干した。

指くらいの分量しかないので、すぐ喉を通り抜ける。

清涼感が、頭の熱を消し去っていった。

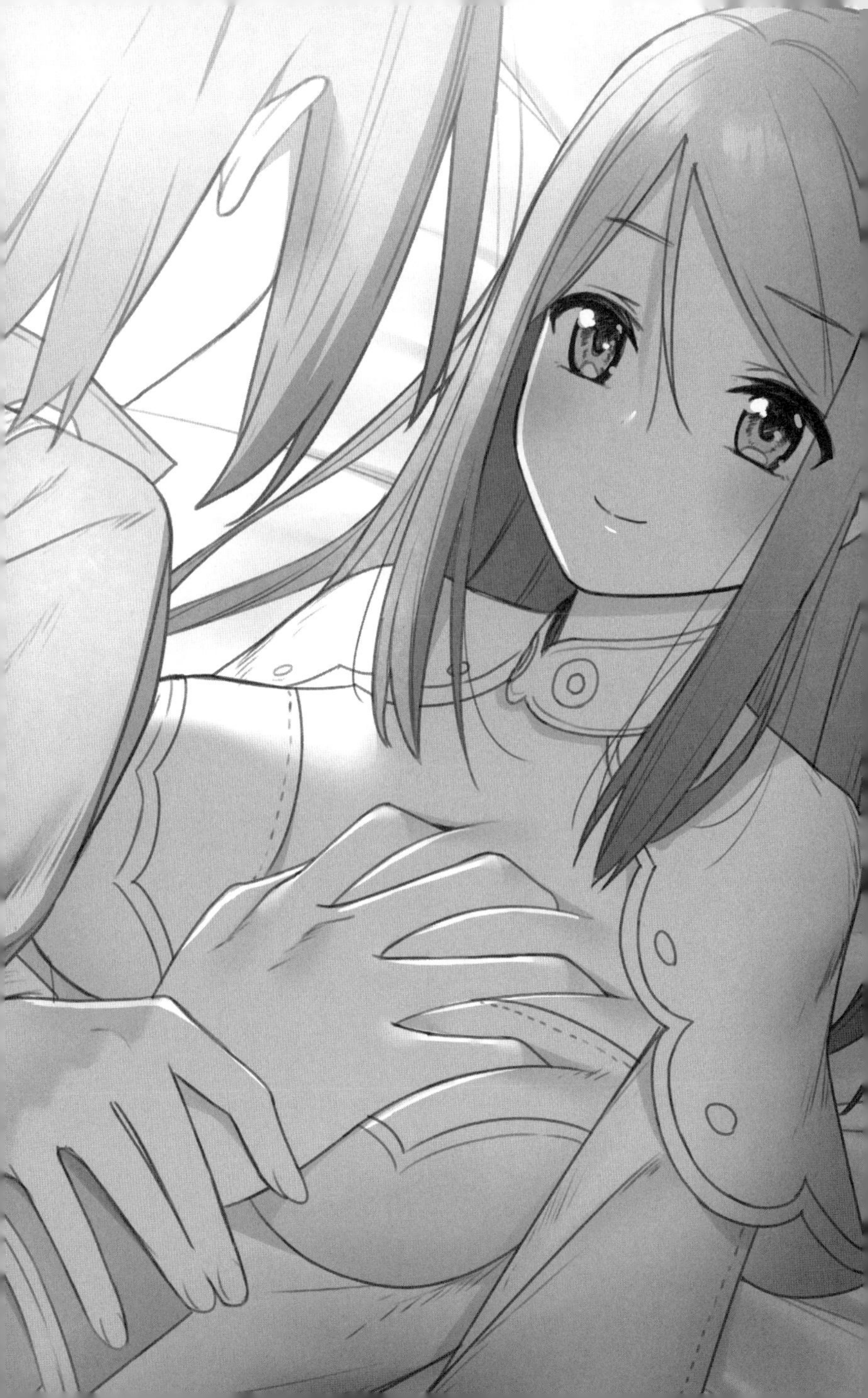

「……どうかしてた、もう寝るよ」

それだけ言うと、僕はごろりとベッドに横たわった。

イライザの香りが、ベッドからかすかに漂う。

なんてことをしてしまったんだ。

身勝手ながらも、自己嫌悪に溺れそうだった。

今度はイライザが髪に手をやりながら、起き上がる。

さっと衣服の乱れを整えた。

その仕草に、胸がずきりと痛んでしまう。

「ジル様……私でよければ、いつでもご相談に乗ります。くれぐれも、自暴自棄になりませんようにお願いいたします……」

静かに言い添えると、一礼して僕の部屋からイライザは立ち去った。

ああ……最後まで、彼女は心優しい。

僕は恥じ入るばかりだ。でも、死ぬ気は失せていた。

あそこまで言われて、死ぬことはできなかった。

第一幕　暗き始まり

その日の夢は、走馬灯かもしれない。

本当に死のうとしたからか。

夢の中で、僕はアラムデッド王国に来るまでの思い出を彷徨《さまよ》っていた。

僕のホワイト家は男爵といっても元々ごく小さな領地しかなく、盗賊退治やらも当主が出向かなければいけないくらいだった。

そんな下級貴族の僕が十四歳のとき、父と家臣たちが戦死した。

しかも戦争そのものも負け戦だった。ディーン王国からは、雀の涙ほどの慰労金が渡されただけだ。

人手もお金もなにもかも足りなくなり、そのままでは領地の経営も不可能になるほどだった。

僕は、家財をあらかた売り払った。屋敷の中が殺風景になるほどに。

それでもお金は足りなかった。となると、人も解雇せざるをえない。

ほとんどの使用人が屋敷を去った。

さらには息つく間もなく、荒れ果てた戦地から盗賊が流れ込んでくる。

父の代わりに僕が治安維持に走り回るしかない。盗賊を斬り続ける日々が続いた。

その合間にモンスター退治とかの内職をして、なんとかお金を用立てるといったありさまだった。

僕の妹フィオナはまだ十二歳。なんとしても、家を潰《つぶ》すわけにいかなかった。

どの国の貴族でも十五歳になると、神から一つだけスキルを授かることができる。

スキルは貴族だけに認められた特権だ。貴族でなくなったら、スキルは受け取れない。

その代わり、一度得たスキルは決して取り消されない。

少なくとも妹がスキルを得るまでは、ホワイト家を存続させなければいけなかった。

たとえ血に塗れて、泥を飲んででも。

スキルには様々な種類がある。《精霊術》のようなオーソッドクスなものから、《時間停止》のように伝説上の英雄が持つようなスーパーレアスキルまで。

なにが当たるかは得るときまでわからない。

没落貴族の僕――ジル・ホワイトも例外ではなく、十五歳になってスキルを一つ授かる時がきた。

僕は緊張の中にいた。有用なスキルを得られれば、一気に人生を逆転できる。

もう内職をしなくても済むように、できるならお金を稼げるようなスキルが欲しかった。

聖教会の荘厳な神殿の中、陣の中央に僕はいた。

神官が祈りを捧げ終わると、淡い光が僕を包みこんだ。

これで儀式は終わりだ。拍子抜けするほどあっという間に、スキル授与は終了する。

でも僕自身、なんのスキルを得たのかはわからない。

儀式を執り行った神官にしか、最初はわからないのだ。

神官は小難しい顔をして、耳打ちするように話し始めた。

「これは……すごいレアスキルです」

「本当ッ⁉」

「ええ、歴史上でも数回しかないと言われるほどです。存命中で保有している人はいないでしょう」

期待に胸が膨らむ。早く教えてほしかった。

「ジル男爵が得たスキルは《血液増大》。……血が増えるスキルです」

「はぁ……？　聞いたことがないですけれど……」

「それほど希少なのです。とはいえ、戦闘や政治で使えるものではありませんが……血が多く出せるだけですから」

「……え。それって役に立たないんじゃ⁉」

レアでも、生活の足しにならなければ意味はない。残念だけど、こういう外《はず》れスキルも存在する。

血が多く出て、それがなにになるのだろう？

人生逆転、ちょっとは期待したんだけどなぁ。

やはり甘くはない。僕は心の中でため息をつく。

いきなり役に立つスキルなど、そうそう得られない。

わかりきっていたことだ。

だけれど神官は、自信満々なままだった。

「しかし、このスキル保有者を求める人たちはいます」

「《血液増大》だっけ……そんな人たちが本当にいるの？」

なんだか嫌な予感がする。

僕には、よく使いどころもわからないけれども。

「ええ、かの種族なら喜んでくれるでしょう――ヴァンパイア族ならば！」

神官は胸を張ったのだった。

獲得スキルは、国に報告する決まりになっている。当然、反乱防止のためである。

その後、僕は積極的に自分を売りこんでいった。

そこから、話はとんとん拍子に進んでいく。

ヴァンパイア族の王女エリスが、ちょうど婿《むこ》探しをしていたのも運がよかった。

何度もヴァンパイア族に検査され、厳重な調査みたいなものが行われた。

その全てに僕は合格し、婚約者になれたのだ。

ただし条件があった。僕はディーン王国から離れてアラムデッド王家の婿に入ること。

わずかに抵抗は感じたものの、男爵から王族入りだ。天秤にかけるまでもない。

僕は婿入りを承知した。

それでも、僕の代でホワイト家をなくすのは忍びない。僕が同盟関係になる他国へ婿入りするゆえの特別措置として、当面はディーン王国の男爵位も継続され、適当な時期に妹に譲ることになった。

こうして僕は、アラムデッド王国へとやってきた。

本当は可愛い妹も連れてきたかったけど、それはイライザに強く止められた。

彼女は美しく、仕事も親切丁寧で、ヴァンパイア族についてのよき助言者だ。

イライザは、人さし指を立てて念を押してきた。

「絶対に絶対に、妹様を連れていってはいけません」

「どうして？　家族はもう妹しかいないんだよ。……心配なんだ」

「ヴァンパイア族は享楽主義者が多いんです――年若い女の子なんて格好の餌食《えじき》です」

「……ヴァンパイア族については全然知らないけど、そうなの？」

「一週間を経ずに純潔を散らされ、弄《もてあそ》ばれることになりますよ」

宮廷魔術師に断言されては、納得せざるを得なかった。

恐ろしい。さすが、種族としては人類種最強と称されるだけはある。

結局、僕だけでアラムデッド王国に移住することになったのだ。


ヴァンパイアの生活習慣は、人間とずいぶん違いがあった。

昼に寝て、夜に活動する。僕たちとは完全に昼夜逆転生活だ。

あと水は徹底的に避ける。身体を拭くときも、桶から水をすくうだけなのだ。

慣れるまでは大変だったけれど、すでに婚約者内定の後では気は楽だ。

国から支度金も貰い、生活は全く心配なくなった。

魔術の才能がある妹にも、勉学に専念できる環境が用意できるようになったのだ。

しかしディーン王国での好転とは裏腹に、僕はアラムデッド王国で奇異の目で見られていた。

なにせアラムデッド王国は貴族、要人全てがヴァンパイアだ。

ヴァンパイアは、青白く影の合間に気まぐれが見え隠れする人が多い。

寿命も長く人間の二倍は生きる。つまり、普通の人間は格下扱いなのだ。

王族入りが決まったとはいえ、晩餐会でもなんでも僕は馴染めないでいた。

女性のヴァンパイアからの誘惑——血を吸わせてほしいとか、頻繁にあるのだ。

それらは冗談めいた言い方ではあるけれど、ディーン王国ではおよそ考えられない。

そんな中で、エリスが僕の腕を取って引き剝がしてくれたことがある。

突然の行動に、僕だけでなく周囲も驚いたものだ。

「私の婿に何か用かしら？」

普段はそっけないエリスが見せてくれた、優しさだった。

ヴァンパイア特有の低い体温を感じながら、エリスはそのまま僕と歩きだした。

人混みから離れるとエリスは紅い目を輝かせて、

「あなたは私のモノなのよ、ジル」

独占欲だけなのかもしれなかったが、嬉しかった。

一国の美しい姫君にそう言ってもらえたのだから。

僕はエリスに焦《こ》がれるようになっていく。

とはいえ気まぐれなエリスは、僕に肌を許すことも吸血することも一切なかったけど。

周囲から冷たくされたりエリスに優しくされたり、振り回されるうちに僕の心は段々と燃え上がってしまった。

時折見せるエリスの優しさが、嬉しかったのだ。

婚約は決まっている。エリスも近いうちに僕を受けいれてくれる、という思いもあった。

エリスが僕を避け始めても国同士の決め事だ。なるようになるはずと考えていた。

しかし、なにもわかっていないのは僕だった。

間違っていたのは、僕の認識のほうだったのだ。

◆◆◆◆

ジルが夢を見ている頃、イライザも自室でベッドに横たわっていた。

枕をきつく抱きしめている。気を抜くと涙が頬を伝ってきそうだった。

ジルと別れて、イライザは自己嫌悪に苛《さいな》まれていた。

ジルに押し倒された。それが自暴自棄の果てでもよかった。

ディーン王国の貴族とはいっても、ヴァンパイアの誘惑を跳ねのけ続けるのは難しい。

ジルは、非常によく耐えているほうだった。

多分、家族や家のことがあるせいだろう。ホワイト家を差配する中で苦労したジルは、イライザが知る普通のディーン貴族ではなかった。

嫌らしさがなく、実直で真面目——年齢よりもだいぶしっかりしている。

イライザの中には、少しずつ役割を超えた好意が芽生えていた。

もちろん戯れにも許される想いではない。

エリス王女がジルと距離を置きつつあるのは、気がついていた。

ジルをからかって弄んでいるようなところもあった。

猫がネズミをいたぶるように。

わがまま放題、甘やかされてきたエリス王女にとっては他愛ない振る舞いだったのかもしれない。

大した意味もなく、ジルを振り回す日々。

ジルから話を聞くたびに、イライザも心を痛めていた。

そして聞くたびに自分ならジルを大切にできるのに——イライザは思わずにいられなかった。


(それが……こんなことになるなんて)


婚約破棄に動転したのは、イライザも同じだ。

婚約には同盟という政治も含まれる。宮廷魔術師のイライザは、ジルとアラムデッド王国との橋渡し役でもある。要は、イライザは外交官の一人なのだ。

婚約破棄の非はエリス王女にあっても、イライザにも外交役として責任の一端がある。

そして、ジルがエリスに振られて深く傷つくのもわかっていた。

様子を見にいったら、ジルの顔に死相があった。
そのときのジルの衝動を、誰が責められるだろう？
ずっと我慢してためこんだ想いがあるのだ。
本気で抱かれてもよかった。
たとえ、エリス王女の埋め合わせだったとしても。
押し倒されたとき、イライザは覚悟を決めていた。
ジルが好きだ。一線を越えても構わないほどに、ジルが好きだ。
でも、ジルはやはりジルだった。
最後の最後に、理性と生真面目さがジルを押しとどめた。
イライザにはショックだったけれど、安心もした。
そこで手を出すような男では、やっぱりなかったのだ。
今もイライザの心はささくれているけれども、一方でほのかに温かい気持ちもあった。
自分の気持ちは間違ってはいなかったのだ。
どうにもできないかもしれないが、愛する人は正しかった。

◆◆◆◆

夢の後味は苦かった。結局かなりの時間を眠っていたようだ。

僕は、規則正しい生活を心がけている。
しかし当然、昨夜のことがあったので、朝に目が覚めることはなかった。
日が高くなった昼に、僕は起きたのだ。ゆっくり亀のようにベッドから立ち上がる。
ヴァンパイアの国でも日差しは変わらない。
肌をじんわりと光が差す。枕に涙の跡がある。
どうやら夢の中で泣いていたらしい。
本当に情けない僕だった。しかし、気分はかなりよくなっている。
少なくとも、窓を見て飛び降りようとは思わなくなっていた。
きっと、イライザの薬のおかげだろう。
もぞもぞと服を着替え、ぼんやりと考える。
エリスとの破談はもう仕方ない。
胸の奥がぐちゃりと気持ち悪いが、打ち負かされるわけにはいかない。
今後のことを考えていかなければならない。
僕のスキル《血液増大》は、本当により多くの血が流せるだけだ。
だけれど、ヴァンパイアにとっては無限の快楽を意味する。
ヴァンパイアも、普段は人間と変わらない食事をする。
イライザは顔を赤らめながら、吸血は性交と飲酒が混じったものだと教えてくれた。
僕には両方わからなかったし、イライザの話も実体験ではないようだけど。

着替え終わり、タンスから小さなナイフと銀の皿を取り出す。
ナイフは今日もよく研がれており、命を奪う輝きを放っていた。
僕は指先を銀の皿に近づけると、ナイフですっと切れ込みを入れる。
赤い滴《しずく》がぽたりと銀の皿に落ちていく。
そのまましばらく僕は動かずにいた。
これは、日課だ。
ああ、僕の血がエリスを繋ぎ止めるほどだったらよかったのに。
甘いお菓子のように……虜《とりこ》にできたらどんなによかっただろう。
実際には一度も吸われることなく、僕たちの関係は終わったのだ。
皿の底に少し血がたまったところで、僕は指先を離した。
物思いに耽《ふけ》っていると、タイミングよく部屋の扉が軽やかにノックされる。
「失礼しまーす！」
入ってきたのは黒髪のメイドだ。
彼女の名前はアエリア、年は確か十七歳。ヴァンパイアの公爵に連なる名家の出だ。
美形だらけのヴァンパイアの中でも、他とは一線を画する美しさがある。
なにせヴァンパイアにありがちな青白く病的、神経質な雰囲気がないのだ。
健康的で肉感的だ。メイド服もかなり薄くて、目のやり場に困ることも多い。
特に腕やふともも、大きめの胸がかなり露出しているのだ。

ヴァンパイアには珍しく日光にも強いので、アエリアは僕のお世話係であった。
年齢も近いしヴァンパイアらしくもない。僕も親しくしていた。
「……待ってたの？」
「はい！　搾りたてが一番ですからね！」
ヴァンパイアの五感は鋭い。特にアエリアはいろいろと、さらに鋭い。
僕が日課を終えたのを察知して入室してきたのだ。
そんなに僕の血がいいものなのかなぁ……？
苦笑して銀の皿をアエリアに手渡す。
アエリアはご機嫌にポケットから銀のスプーンを取り出すと、皿の血に少しつけた。
血のついたスプーンを鼻先に近づけて、くんくんと匂いをかぐ。
毎日見ても若干、気味が悪い。
でも、これはチップ代わりなのだ。彼女とその友人たちへの賄賂《わいろ》でもある。
最初はわけがわからなかったが、人間の貴族の血は大層な高級品らしい。
高級ワイン、あるいは焼き菓子みたいなものなのだ。
アエリアにせがまれて、習慣的に渡すことになっている。
イライザも、ヴァンパイアの歓心を得るためなので賛同していた。
昨夜のことを考えれば取りやめたかったが、アエリアには関係ないらしい。
あるいは、あえて気にしない振りをしてくれているのか。

アエリアはぺろりとスプーンを舐《な》める。僕の血ごとだ。

日課のはずだけれど、アエリアは小首を傾《かし》げた。

「……甘いですね」

「僕には味はわからないんだけど」

「確実に普段より甘いですよ……」

うっとりとした表情で、アエリアは言葉を吐く。

体をくねらせて顔を赤らめているので、すごく色っぽい。

「甘くするなにか、多分スキルを使いましたよね……？」

「僕がそんな魔術もスキルも使えないの、知ってるでしょ？」

「うーん、妙ですねぇ……」

アエリアは首を傾《かし》げながら呟《つぶや》いた。

スプーンの血をもう一度舐めて確信をこめる。

「だって私のスキルによると、この血にはスキルが使われてますよ」

「……え？」

「本当に、誰もなにもしていないんですか……？」

「まさに指から垂らしたてだよ。なにかする間もなかったくらい」

「むむっ、なんと………」

眉を寄せてアエリアは唸《うな》り始めた。

彼女の気のせいだと思う。心当たりがないのだ。

でもスキルによればと言われると、無下《むげ》にはできない。

自分のスキルはむやみに他人には教えたりしないものだし、聞き出そうとするのはかなり失礼だ。

僕もはっきりとスキルを知っているのは、親や元家臣だけだった。

昨夜の大騒動を除けば、だけど。

婚約絡みで僕みたいに大々的に知られているほうが、例外だった。

「もしかして、新しいスキルに目覚めました？」

はっとして、彼女は言った。目が輝いている。

「伝説の騎士や魔術師じゃあるまいし、そんなわけないでしょ」

ありえない、スキルは一人一つが大原則だ。

十五歳のときに神官から授けられるスキルで終わりのはずだ。

伝説や神話上では、あるにはある。死にかけた英雄が冥界の縁《ふち》でスキルを貰えるとか。

何にせよ、不確かな伝承や噂でしかない。

「ジル様、昨日……大変でしたよね？」

公爵家の娘だ、情報収集に抜かりはなかった。

「さすがに知ってるよね……」

「ええ、まぁ……もしかしてなんですけど！」

アエリアが手をぶんぶん振りながら声を出す。なにやら興奮しているようだ。

豊かな胸がきわどく揺れる。

「ショックで新しいスキルが発現したのでは⁉」

まさか、と僕は思った。

婚約破棄のショックで新しいスキル⁉

そんな馬鹿な、信じられない。仮に事実だとしてもだ。

目覚めたのは、血を美味しくするスキルとでもいうのか。

どうせなら、異性に愛してもらえるスキルがよかった。

今さら血に関連するスキルなんて虚《むな》しいだけだ。

エリスはもう婚約者じゃない。

《血液増大》も、今はアエリアの日課以外に使い道はないのだ。

遠からずアラムデッド王国を去れば《血液増大》も不要になる。

「ああっと、信じていませんね～」

「証拠が何もない。アエリアの自己申告だけじゃないか……」

「そのように返されると、弱いですけど……いいでしょう、ちょっとだけお教えします。私のスキルは味覚に関するものです。なんというか舌に触れた魔力やスキル、はたまた毒までわかっちゃうんです！」

なんと、アエリアは自分のスキルを明らかにした。

僕はびっくりしてしまう。他国の人間に開示するのは本当に珍しい。

少なくとも、単なる顔見知りではあり得ない。

かなり気を許してくれているということだった。

「あとは、イライザ様ならちゃんとおわかりになると思いますし……」

「……それは、そうだね」

イライザなら神官より低レベルだけど、スキルの鑑定魔術を使えるはずだった。

アラムデッド王国を通さないでスキルの把握をするのは、国益上必須だ。

昨夜の出来事が頭をよぎる。

ものすごく気まずいのは否《いな》めない。

しかし、新しいスキルかどうか確認する必要はあった。

粗《あら》くでも新スキルかどうか確定させるのは、手間がかからないはずだ。

アエリアは銀の皿を棚に置くと、ベッドメイクを始めた。

その他にもかごに入った衣服なんかを持っていく準備をしていく。

メイドとしての仕事も、決しておろそかにはしない。

「そういえば……先ほどイライザ様の部屋に行きましたが、げっそりして泣いてましたよ」

ぎくり、と身体がこわばる。

どう考えても、僕のせいだった。

アエリアは僕だけじゃなく、イライザの世話もしている。

同性で年も近いということもあり、僕よりもさらに仲が良い。

「理由は教えてくれませんでしたが……ふうん……」

アエリアは、僕のベッドからなにかをつまんだ。

それは、空色の美しい小さな髪の毛だ。

イライザの髪の毛だった。

アエリアがじと目で、はらりと細い髪の毛を見る。

僕のほうを向いたりはしない。

芝居がかっているけれど、効果は大きい。

「――っ！」

「イライザ様に、お早めに会いに行かれたほうがいいと思いますよ」

「わかった……。でも、誤解だ。考えているようなことは、なにもないから」

我ながら見苦しい話だった。この期《ご》に及んでも体面を気にしていた。

アエリアが、これみよがしにため息をつく。

呆《あき》れたというよりは、わかってますよと言わんばかりだ。

「逆に御寵愛されなかったから、泣かれてたんじゃないんですか」

僕の手が少し震える。

いや、イライザがどういうつもりだったのかと言われると、わからない。

イライザにひどいことをしたのは事実だ。

覚悟を決めたイライザを前に臆したのも、言い訳のしようがない。

最低な僕が招いた事態だ。

「ま、お節介なメイドの戯言《たわごと》と思ってください。確たるものはないですし……」

「恩に着るよ……」

「ただ、ちょっとだけ……」

アエリアは、銀の皿を差し出して舌を出した。

「血を余分にくださいませんか？」

仕方ない。口止め料というわけだ。

ヴァンパイアらしい、自分の利益優先というわけだ。

だからこそ、この日課が意味あるわけだけれど。

僕は――ふたたびナイフで指を切った。

鉄の匂いをかいだのか、アエリアの目が輝く。

背筋に汗が流れそうになる。

悪い人どころかいい人なんだけれども、僕は思わずにはいられない。

肉を前にした飢えた獣のような目つきだと。


イライザの部屋も館の同じ階にある。

エリスと僕の婚約に絡む人たちは、まとめてこの館に住んでいるのだ。

窓からはアラムデッド王宮がよく見える。

国の規模を反映しているのか、故国の王宮よりも造りは小さい。

しかし、大きな戦乱に巻き込まれることもなかった国だ。

黒い塔、石積みの冷たく硬質な壁、ところどころ不釣り合いにきらびやかな彫像が、ヴァンパイアの気質をよく示している。

通路の護衛も顔馴染みだけだし、僕は挨拶しながら通路を歩いた。

歩幅は狭く、かなりゆっくりだ。

どのようにイライザに接すればいいのか、少しだけ迷っていた。

もちろん、普段通りに会うしかないけれど。

昨夜のことを謝るくらいなら、アエリアの言う通りイライザを抱くべきだったのだ。

なぜ、そうしなかったのか。

エリスが僕を裏切っても、僕はまだエリスを裏切れなかったのだ。

どうなるのかわからないなかで、欲望に身を委ねきれなかった。

もしかしたら、エリスと再度婚約することになるかもしれない。

全てが元通りにはならないだろうけれども。

これまで振り回されながらも、僕はエリスを好きだった。

男爵にすぎない自分には、エリスは到底手の届かない高嶺《たかね》の花だ。

野にある銀の猫のような王女だった。

金《かね》、掟《おきて》、国といったしがらみを超えて彼女と愛し合えたらどんなによかっただろう！

現実は、水を弾《はじ》くようななめらかな肌に、僕は触れることもできなかった。
新しいスキルは、きっかけになるのだろうか。
昨夜の婚約破棄を撤回させる材料になるだろうか？
僕は、そんなことをつらつらと考えていた。
護衛に挨拶すると、彼女たちは部屋の扉をノックする。
「ジル様がお見えです」
護衛の顔がこわばっている。イライザ付きは、高位の護衛だ。
おそらく、婚約破棄を知っているのだろう。
「……今、出ます」
立場としては、僕のほうがイライザより上だ。
魔術師の服を着こなしたイライザが、扉を開けて出迎えてくれる。
ああ、気づきたくなかった。
イライザの目は真っ赤になっていて、寝不足みたいにふらついている。
普段は束ねて整えている髪も、すこしほどけていた。
アエリアの忠告は、事実だった。
僕は早くもイライザの元に来たことを後悔したが、もう遅い。
ええい、と僕は部屋に入っていったのだった。
イライザの部屋は、実は僕の部屋よりも大きい。

魔術師としての研究室や書斎が併設されているからだ。

僕よりもよほど機密性が必要な役なので、やむをえないことだった。

丁寧に椅子と紅茶を勧めてくるのを制し、早速《さっそく》本題に入る。

正直、さっさとスキルの確認をしたかった。

そして身勝手だけれど、帰りたかったのだ。

「イライザ……調べてほしいことがある」

「なんでしょうか……？」

沈んだ声だ。

昨夜に比べると、心なしか距離も遠くなった。

僕は、あえて慰めの声を掛けそうになるのを抑えこんだ。

そんな資格は、僕にないのだから。

「僕、新しいスキルが目覚めたかもしれないんだ」

「本当ですかッ!?」

弾けるように、イライザは僕に歩み寄る。

好奇心が、イライザから暗い気持ちを押しのけていた。

「どんなスキルですか？　いえ、どうしてそう思われたのですか？　んん、まずは調べるのが先ですよね!?」

かつてないほど、イライザは早口でまくしたてた。

ドアを開けたときとは一変してる。

ただただ、よかった。

僕は無責任にも、前向きになったイライザに安堵した。

「ではジル様、ぎゅっとしてください！」

笑顔で、イライザは両手を広げる。

「はい？」

「密着しないと調べられません」

にこやかにきっぱりと、イライザは言い放つ。

僕は、突然のことに固まってしまう。

腕を軽く上下させて、イライザは誘いこむようにしてくる。

どうやら、イライザに他意はないようだった。

「……わかった」

腕を広げて真正面から抱き合うかたちになる。

身長はほとんど変わらない。

ふんわりとした夏の若葉のようなイライザの匂いに包まれる。

柔らかくて大きな胸が、僕の身体に押しつぶされていく。

イライザは特に気にした様子もない。

僕のあごがちょうどイライザの肩にくる。

「もっと強くお願いします。あごは肩にのせるように……」

知的興味に突き動かされるイライザからは、いつもの遠慮がちな態度が消えている。

言われるまま、腕を背中に回して力をこめた。

あごを肩にのせると、さらさらの空色の髪が目の前で揺れている。

僕は、かつてないほど異性と密着していた。

魔術師服は厚手だが、イライザの体型を伝えてくる。

イライザが息を吸ったり吐く音が耳元でする。

「では魔術を始めますね。しばらく、このままにしてください」

ぴりっと、イライザの身体から魔力が放たれた。

僕にも、最低限の魔術の心得はある。イライザが魔術を使ったのだ。

「ところで、どうしてスキルが目覚めたと思ったのですか?」

「アエリアへの日課だよ。血が甘くなったとか言われてさ」

彼女のスキルに関することは、秘密のほうがいいだろう。

根拠は、アエリアの味覚と勘ということにしておこう。

「なるほど、なるほど。ヴァンパイアの鋭敏さを思えば、確かに……。でも、血の味がですか?」

「うん……僕にはわからないんだけど」

イライザが震え始めていた。

いや、それだけじゃない。

嫌な予感が、全身を走っていた。

「えぐっ……ぐす……」

抱き合ったまま、イライザが静かに泣き始めているようだった。

「イライザ……!?」

顔は見えないが、どう考えてもイライザは泣いていた。

突然の展開に、僕は混乱する。

イライザを悲しませるようなやり取りはなかったはずだ。

アエリアに指摘された、血の味について言っただけだ。

イライザが小刻みに震えるのと同じくらい、僕の視線もさまよう。

こんな状況のままで、じっとしてはいられない。

背中に回した腕をほどき離れようとするものの、イライザは力を緩めない。

むしろ、さらにイライザは僕を抱きしめていた。

イライザの身体が押しつけられる。

はなをすすり、嗚咽《おえつ》交じりにイライザは言う。

「エリス王女を、諦めきれませんか？」

「――っ！」

「あれだけのことを、ジル様にしたんですよ……!?」

イライザは腕の力を弱めた。

だらりと腕が下がる感触がする。
肩で泣くイライザから、そっと離れた。
離れざるをえなかった。
少しの間、イライザは涙を流した。
手を身体の前で握りしめながら。僕は立ち尽くすしかない。
否定したくても、口の中が乾いていく。
イライザの泣きながらの言葉が、ぬめりと心にまとわりつく。
やがてイライザはハンカチをポケットから取り出すと、涙を拭った。
下を向きながら、イライザは話し始める。
「……取り乱しました。無礼をお許しください」
「いや……気にしないで」
僕の声は自分でもわかるほど、かすれている。
気の利いたことはなにも言えなかった。
「それで、スキルは目覚めてたの？」
できるだけ優しく聞こえるように、話題を変える。
あからさますぎるかもしれないけれど。
イライザはあごを上げて、僕のほうを見た。
でも視線は、後ろの壁を見ているかのようだった。

声も硬く、どこか他人行儀だ。

「はい。間違いなく、新しいスキルが発現しています」

「わかったのは……アエリアのおかげだね」

「そうですね、まさにその通りです。それとスキルの名前もわかりました」

僕は目を見開いた。そこまで短時間でわかるのか。

とはいっても、多分また血に関するスキルだ。

あまり期待はしないほうがいい。

イライザが軽く息を吸って、

「二つ目のスキルは《血液操作》です」

「……う～ん……」

味を変えるだけではないみたいだけれど。

血を操る、手を加える。

それで、アエリアが不思議がるほど甘くなったのか。

「率直に驚きました。二つ目のスキルを発現することもそうですが、《血液操作》のスキルが発現したことに」

イライザの声が気のせいか段々と低くなる。

謎めいた言い回しに背筋がぞくりとする。

「一つ目のスキルは神からの授かりものです。貴族やそれに準じる功績者だけに認められるものです」

僕もそうだ、ほとんどのスキル持ちはそうだろう。

神殿で受け取れるのは一回きり。ゆえにスキルは普通、一人一つだ。

「二つ目のスキルは、確かな事例そのものが少ないのです。しかし、その中でも第二スキルには共通点があります」

「……それは？」

「第二スキルは奥底の願望、秘めたる想いが具現化したものになるのでは、と」

「あっ……」

思わず、声を出してしまった。

悟ってしまった。イライザの涙、なじるように放たれた言葉の意味を。

諦めきれない僕の情けなさが――かたちになったのだ。

エリスへのみっともない執着が、血を甘くした。

繋ぎ止めたかった。飲んでもらいたかったのだ。

「昨夜……本当にあのまま抱かれても、私はよかったんです」

イライザの声がまた震え始めた。

目には大粒の涙が浮かんでいる。やめてくれ。僕は飛び出したかった。

扉からでも、いっそ窓からでもいい。

イライザはさっとベッドを指さした。

きれいに整えられているようで、シーツが乱れたベッドだった。

一瞬で僕は戦慄する。

「今から抱いてほしいと言えば、抱いてくれますか？」

いっそ冷たい声音で、イライザは僕に問う。

一筋の涙がイライザの頬を伝った。

答えたくない。

でも答えることが、唯一の誠意だった。

胃が僕の喉《のど》と心臓を締め上げる。

僕も泣きだしそうだった。

「……無理だ、ごめん」

やっとのことで、僕は本音を絞り出した。

昨夜のことがあっては、魅力的なイライザの懇願でも踏み出せない。

「わかっています。それが、ジル様の偽らざる心のありようなんです」

そして、僕の浅はかさが招いた今だった。

イライザをどうしようもなく傷つけ、辱《はずか》しめた。

「ごめんなさい、ジル様——今のやりとりは忘れましょう」

力なく深く息を吐いて、イライザが言う。

僕は、イライザの優しさにすがることしかできない。

曖昧に僕は頷《うなず》いたのだ。
「でも……しばらく、一人にしてもらえないでしょうか？」
断る理由があるだろうか。
あまりにも救いがたい僕も、イライザの視界から消えたかった。
スキル鑑定の礼を言うと、僕は急いでイライザの部屋をあとにした。
来たときとは真逆に、僕は足早に立ち去った。
苦く、イライザのことを噛みしめながら。

◆ ◆ ◆ ◆

同じ頃、アラムデッド王宮の中枢ではカシウ王以下、側近による会議が行われていた。
窓には光を遮るカーテンが引かれ、象牙の燭台が密室を照らしている。
晩餐会に不参加だった重臣も召集され、緊迫した空気が満ちていた。
部屋は虚飾を排され、重厚な机と椅子だけが置いてある。
王も含めて十数人分の席しか存在しない小部屋であった。
書記の席さえもない。
用いるときは真に国に関わるときだけと、決められていた。
カシウ王は椅子に腰かけて、こめかみを強く押さえている。

机上は、クロム伯爵とエリスの情報が紙となって散乱していた。

「……クロム伯爵は、全て吐いたか」

誰にともなく、カシウ王は低く呟いた。

怒りよりも苦悩が色濃い。

「駄目ですわ。黙秘や拷問耐性の魔術式が綿密に埋め込まれています。解除するのにひと月はかかりますわ」

王の隣に座る、幼く見える白髪の少女が首を振りながら答えた。

琴のように心地よい声音だ。

外見上では十二、三歳くらいにしか見えない。

彼女こそ五代にわたってヴァンパイア王に仕えるアラムデッド王国の宰相、アルマ・キラウスであった。

清楚な白と薄青の服も簡素で、勲章の類いは一つもない。

それでいて、静かな威圧感は王に勝るとも劣らないものだった。

見た目に似合わぬ異常な長命は、《不老》のスキルのせいとささやかれていた。

王朝樹立の立役者でもあり、名実ともにアラムデッド王国のナンバー2《ツー》である。

「さらに婚約破棄の数日前より、クロム伯爵が連れていた数人が行方知れずとなっていますわ」

「事前に逃げた、ということか？」

「仰《おお》せの通りかと」

「伯爵の故国、ブラム王国が国境に軍勢を集めつつある、という情報もありますですっ‼」

明朗で勢いよく発言したのは、はねた赤髪で眼鏡をかけた女性であった。

ややだぼついた茶色の軍服に、化粧気はまるでなかった。

愛嬌がある活発な顔つきと標準的な胸囲が、ヴァンパイアには珍しい。

一見すると二十歳くらいだが、アラムデッド王国の軍務大臣として辣腕を振るうミザリー・ボーンだ。

カシウ王は嘆息した。

昨夜の婚約破棄の一幕は、若者の無鉄砲な茶番ではなかったのだ。

むしろ、練りに練られた破滅的な企てだ。王朝始まって以来の謀略やもしれなかった。

「ブラム王国から使いは？」

「まだ来ておりませんが、明日にでもクロム伯爵の引き渡しを求めてくるでしょう」

「エリス王女と併せてか？」

「恐らく……」

クロム伯爵のブラム王国とジルのディィーン王国は、アラムデッド王国より遥かに大きい国だ。

正面切っての軍事力なら、アラムデッド王国は両国それぞれの数分の一程度だろう。

独立を保ってきたのはヴァンパイアならではの戦闘力と、厳しい荒涼とした大地ゆえに他ならない。

そんな諸国のなかでうまく泳いできたのが、アラムデッド王国の基本外交だ。

これまでにも、大陸三大国とアラムデッド王国との婚姻は行われてきた。

しかし、今回は今までとは重要性が違う。

大陸三大国のフィラー帝国が伸長しているのだが、アルマ宰相はそれが気に入らないようだった。

アラムデッド王国よりも若い国であるフィラー帝国については、ヴァンパイアの貴族の大半も成り上がりものと言って嫌っていた。

だが、フィラー帝国は戦《いくさ》に強かった。ジルの父を戦死させたのも、フィラー帝国だ。

大国間のバランスが崩れようとしているなかで、エリス王女とジルの婚約は大陸を動かすものになるはずだった。

その外交関係の根底が、揺らごうとしているのだ。

「ブラム王国近くの貴族たちも、ここ最近、王都に姿を見せていないであります」

重苦しい雰囲気が部屋に満ちる。全てが恐るべき謀《はかりごと》の影を示していた。

クロム伯爵を引き渡さなければ、それを口実にブラム王国は侵攻してくるだろう。

伯爵を引き渡しても、エリスを渡さなければ同じことだ。

なにせ一方的とはいえ、本人の口から婚約を発表したのだ。

無茶だが、一応の名分は立ってしまった。

悪いことにミザリーの報告では、ヴァンパイアのなかにもブラム王国に内応している気配がある。

事前にブラム王国が切り崩しを図っているのは、明白だ。

ブラム王国が本気なら、享楽的なヴァンパイアを籠絡《ろうらく》するのは難しいことではない。

カシウ王には、男系の王族が今は一人しかいない。
エリスの二人の姉は他国に嫁ぎ、残ってる妹はまだ十四歳だ。
王族の数は少なく、貴族なしで国は統治できない。
エリス王女とブラム王国、幾分かの貴族が結託すれば王国は二分されてしまう。
しかも同盟を組むはずのディーン王国は、婚約破棄で盛大に顔を潰されたのだ。
報復として、ディーン王国も独自に軍事行動をとりかねない。
そうなれば、いよいよ亡国の瀬戸際だ。
誰しも同じことを考えるなか、アルマが口火を切る。
「クロム伯爵とジル男爵の処遇だけは、早急に決定しなければなりません」
「ふむ……」
カシウ王は目を細め、思案した。
クロム伯爵は死を覚悟しているような、決死の役者には見えなかった。
単にブラム王国に操られ、エリスに近づいた愚か者だろう。
生かしておいてもエリスを惑わすだけだ。カシウ王の拳《こぶし》に、力がこもった。
「クロム伯爵は血量の儀式にかけよ」
血量の儀式は、婚約者と認められるための最後の試験だ。
失敗すれば死に至るのが明白な儀式でもある。
ジルは耐えた試練だが、クロム伯爵が乗り越えるのは不可能だろう。

事実上の死刑宣告であった。

「ジル男爵はいかがしましょう？　実は気になる情報がありますが……ジル男爵に新しいスキルが発現した可能性があるとのことです」

「それは真《まこと》か……なんという……」

カシウ王は、ジルへの同情の念を強めた。哀れなジルへの同情は、出席者たちの間にもある。

通常よりもスキルの知識がある出席者たちは、ジルがスキルを発現させた理由を瞬時に悟っていた。

「どのようなスキルであるか？」

「不確定ですが……血液が美味になるというものらしく。私たちには有用なものかと」

「ふぅむ……」

出席者たちは、長く政治に携わってきた者ばかりだ。アルマ宰相の意図を素早く察知した。

「……ジル殿の協力があれば、求心力を高めうるか」

「血に糸目をつけない者は多いですから……恐らく仰せの通りかと。貴族の結束力を高め繋ぎ止める策の一つになりえましょう」

アルマ宰相も例外ではなく、上等な血には目がなかった。出席者の大半もそうである。

ヴァンパイアである以上、逃れられない欲望なのだ。

「問題は……協力を承諾してもらえるかどうか、か」

ジルは今回の件で完全な被害者である。しかも、ディーン王国の対応もジル次第だった。

当然、償《つぐな》いもしなければならない。

迂闊《うかつ》なことをすれば、ディーン王国も敵に回すことになる。

実直で生真面目ゆえに、裏切られた後の報復が激しいのがディーン王国であった。

「情勢が見極められるまで、ジル殿を帰国させてはならん。アルマよ、ジル殿の心証をよくし繋ぎ止めよ」

ジルが帰国してディーン王国も動けば、アラムデッド王国は追い詰められる。

会議の参加者の内、末席にいる中年の影のあるヴァンパイアが手を挙げた。

「懐柔ではなく、いっそのことジル男爵を帰国させては？」

アルマ宰相がわずかに目を細めた。長年執政してきたアルマ宰相に反感を持つ者も少なくない。

このヴァンパイアも、反アルマ派であった。

「ディーン王国を敵に回してブラム王国になびけ、と申すか……？」

カシウ王も、声を低めて威圧する。

影のあるヴァンパイアは臆することなく、

「ディーン王国の矛先《ほこさき》が我が国に向けられる可能性を思えば……逆にブラム王国と縁ができたのです。両国は互角の力を持ちます。活かす方策もありうるのではと」

出席者の数人が頷いた。

「ならぬ。掟破りどもを信用する道はない」

カシウ王とアルマ宰相は心の中で舌打ちした。

すでにブラム王国は、アラムデッド王宮にも手を回している――このヴァンパイアのように。

こうなれば、なんとしても穏便にジルを取り扱う必要がある。

他の者には任せられない、重要任務であった。

カシウ王は、やや疲れた目でアルマを見据えた。

先の晩餐会よりエリスとあえて面会はしていなかった。

とはいえ実の娘だ。様子が気にならないと言えば、嘘になる。

「エリスは、なんと言っておるか？」

「……クロム伯爵に会わせよ、と暴れているようです」

「近衛兵に危険が及びましたゆえ、今は眠らせているであります」

アルマとミザリーは、エリスを切って捨てた。

老練な政治家の二人からすれば、王族以外の価値のないエリスだ。

なんという馬鹿者であろうか。

全く情勢が見えていないようである。

カシウ王はまたも、ため息をついたのであった。

それは本日、十数回目であったという。

暗い一室は、アラムデッド王宮の地下であった。

ろうそくに照らし出されるのは、不揃いな石造りである。

湿度が高く、苔《こけ》の匂いに満ちている。

壁にはまだ、希少な大時計が備え付けられていた。

古めかしい部屋の中央には、焦げ茶に染まった木製の寝台が置かれている。

腕を伸ばして置く部分だけせり出し、まさに十字形であった。

異様なのはびっしりと蛇が絡みつくように、魔術が彫り込まれていることだ。

クロム伯爵が太い鎖に巻かれて、身じろぎもできないように寝台に横にされている。

黒頭巾を被《かぶ》った数人が、せわしなく部屋を動き回っていた。

「そろそろお目覚めになられてはいかがですか、クロム伯爵」

寝台の側に立っているのは、アルマ宰相であった。

白い髪と服が幽霊のごとき雰囲気である。

退屈そうではあったが眼は輝いていた。

「う……む……」

投じた薬のためか、クロム伯爵の意識ははっきりしていない。

「起こして差し上げなさい」

「はっ！」

黒頭巾が鎖に触れると、鎖はぎりりときしんだ。

鎖が食いこみ、クロム伯爵を激しく締め上げる。

「あぐあっ!?」

「クロム伯爵、おはようございますですわ」

「お前は――それに、ここは……!?」

不自由な首を回し、クロム伯爵は辺《あた》りを見まわす。

鎖を振り払おうともがくが、びくともしない。

段々と、クロム伯爵の顔に恐怖が浮かんでくる。

クロム伯爵も、謀略渦巻く貴族の出だ。

一国の宰相に薄暗い部屋に閉じ込められるのがどういうことか、察したのだ。

あからさまに震える声でクロム伯爵が言う。

「……俺に手を出せば、ブラム王国が黙っていないぞ」

「あら、芸のない脅《おど》しですわ」

「今なら、この無礼もなかったことにしてやる。早く自由にしろ!」

アルマ宰相が思わず失笑する。

黒頭巾たちもつられて、嘲《あざけ》りの笑いがこぼれた。

「ふふふっ、なんという命乞《ご》いでしょう。場違いにも程がありますわ」

「なんだと……?」

「もう、遺言の時間ですわ。クロム伯爵」

アルマがぱちりと指を鳴らすと、黒頭巾が腕の長さほどの筒を持ってきた。

黒くて、ぐにぐにと柔らかく、形を変えられるようだ。

クロム伯爵はその形と色からヒルを連想した。

「おい、何をするつもりだ……やめろ、貴様！」

わめくクロム伯爵を無視して、黒頭巾は筒を伯爵の右腕に押し当てる。

一瞬、焼けるような激痛がクロム伯爵の腕に走った。

「最後の情けです、ご説明いたしますわ」

上ずった声音で、アルマ宰相が語り始める。

高揚した様子のアルマ宰相の異名を、クロム伯爵は思い出していた。

いわく、血塗れ宰相あるいは王族殺し。

アラムデッド王国の暗部を引き受ける、白い死神と噂されていた。

さらには常軌を逸したサディストであるとも。

「今からクロム伯爵には、血量の儀式を受けていただきます。古い掟に定められた、王女との婚約前に必須の試練ですわ」

アルマ宰相が目配せすると、黒頭巾が魔力を筒に伝える。

筒がぼうっと、淡く不吉な紫色の光を放ち始めた。

同時にクロム伯爵の血が筒からぽたぽたと、石畳にこぼれていく。

クロム伯爵の目に、驚愕が広がる。

「こ、これは……俺の血!?」

「結婚にふさわしいスキルがあるかどうか確かめる、血量の儀式ですわ。六時間の流血に耐えられれば合格とみなします」

クロム伯爵は、安堵の息をのみこむ。

見れば、滴《しずく》程度しか落ちていない。

意外と、生き残れるのではないか。アルマ宰相は、おかしそうにクロム伯爵を見下ろす。

「このくらいなら助かるとお思いですか？　無知とは救い、とよくいったものですわ」

「なに……？」

「絶え間なく吸い上げられる血の総量は、恐ろしいものですわ。……成人でも一時間で死に至るほどに」

「はぁっ!?」

「数時間もすれば、あなたの血は残らず地面にぶちまけられ――ひからびた骨と皮しか残りません」

ヒル状の筒はどのような人間であれ、ちょうど六時間で全血液量の二倍を奪うようにできている。

普通なら筒は数時間で血を吸い、涸《か》らせてしまうのだ。

「なんだと……！　待て、やめろ！　嫌だァ！」

大声を出して暴れ始めるクロム伯爵に構わず、アルマ宰相は説明を続ける。

「本来なら事前の様々な試験や検査で弾かれるので、血量の儀式で死ぬ方は久しぶりになりますわ。三百年ほど前に、愚か者が死んだきりですから」

いにしえから多数の死者を出した、悪名高い風習だ。

血なまぐささゆえ、儀式の詳細はエリスも知らないはずだった。

国内でさえ、一握りのヴァンパイアしかわからない。

他国の人間で知りうるものは、皆無に近いだろう。

クロム伯爵は、なおも無駄な抵抗とわめき声を上げていた。

死を前にしてもがいているのだ。

魔術を使おうにも、鎖のせいか全く発動しない。

ヒル状の筒がほんのちょっと揺れるだけであった。

「ジル男爵ももちろん血量の儀式を受けましたわ。あなたと比べると見事でしたわ、黒頭巾の方々と談笑する余裕さえあったのですから」

「うるさいっ‼　放せえええ‼」

「エリス様の婚約者となるのでしょう？　順番が逆になっただけですのに」

アルマ宰相は言葉に恍惚《こうこつ》を隠さない。舌なめずりさえしそうだった。

「助けてくれぇぇ‼」

クロム伯爵は体面を捨てて涙を流し、懇願する。

「俺が悪かった‼　なんでもするぅぅ‼」

嫌々と首を振り、ついに謝罪さえも口にする。婚約破棄の哀れな代償だった。

対するアルマ宰相は、薄く笑みを浮かべて見守るだけだ。

消えゆく命をアルマ宰相はじっくりと、味わうのだった。

第二幕　宰相と奴隷

僕は顔を腕で覆いながら、自室へと戻った。
太陽は頂点に近づき、部屋を熱気で満たしている。
今の僕には、陽光のまぶしさが耐えられない。息は浅く、目には涙がたまっている。
初めて、イライザから去ってほしいと言われたのだ。
自業自得ではあるけれど、胸を刺す痛みは止まらない。
昨夜、イライザを抱いていればよかったのか。
あるいはさっき、抱けばよかったのか。
いたたまれないのは、イライザはそれでも僕を憎んでいないことだった。
僕自身を見つめ直させてくれた。
ちゃんとスキルのことも教えてくれた。
仕事は完璧にこなしていた。
僕にできることは、今はない。
イライザの望み通り、しばらく一人にしておくことだけだ。
僕は、自分にできることをしなければならない。それはスキルの把握だった。
涙でにじむ目で本棚から分厚い本を取り出す。

高級革表紙の本には「スキル目録事典」と書いてある。

机に置き、ゆっくりと本を開いていく。

指先が震えて読みづらいが、ぱらぱらと読む進める。自分のスキルを正確に把握するためだ。

事典にはスキルの様々な事柄が記されている。

操作系のスキルは、対象となるものによって価値が大きく変わるのだ。

形や色や味といった性質を思い通りにできるのが、操作系のスキルである。

金属や植物操作なら、幅広く応用ができる。

事典でも、文句なくAランクに分類されている。

巨万の富を生み、国家に貢献できる強力なスキルだ。

操作系の弱点は、操作対象に身体が一部分でも接触しないと操作できないことだ。

また、対象を無から生み出すこともできない。

それゆえ魚類操作などは、まず魚が手元にないと駄目なのだ。

これくらいだとBランクになる。

前提を満たせば役に立つし、生涯を左右する有用なスキルだ。

しかし、ここまで読んでも《血液操作》の項目はない。巻末の索引を見て、僕は肩を落とした。

いわゆる外れスキルのDランクに記載があったのだ。

使いづらくて、あってもなくても人生に大差ないのがDランクだ。

それも仕方のない話だ。操作系では決して、絶対量は増減させられない。

つまり《血液操作》は流した血液量でしか意味をなさないのだ。
ヴァンパイアにとっては、血をより美味しくできるものなんだろう。
でも、それ以外に使い道があるわけではない。
いや、目録によれば形や硬度もかなりの程度まで操作できるはずだ。
特に血には「固まる」という性質がある。
僕はさっき指を切ったナイフで、再び指先を軽く切った。
にじむ血に僕は意識を傾ける。例えばこの手にあるナイフはどうだろう。
見た目も切れ味もよく知っている。できる限り似せるのだ。
ナイフになれ、僕の血よ。切れるように、手にあるナイフになるように。
「おお……」
すぐに指先の血が動きナイフの形へと変わっていく。
僕の手の中に、赤い小振りのナイフが出現していた。
鮮血のままなので、色つやは悪くない……多少、不気味かもしれないけれど。
「ちゃんと使えるのかな？」
試しに赤いナイフを紙に滑らせてみると、あっさりと裂《さ》いていった。
先のナイフと遜色ない手応えだ。
「意外とできるもんだなぁ……操作系はそんなに難しくないんだっけ」
目録には、操作系スキルを使うのは簡単だと書いてあった。

意識の集中は必要だけれど、発動自体はすんなりできる。

僕はふと閃《ひらめ》いた。

「スキルは二つ同時には使えるのかな……？」

《血液操作》は元々の血液量を増減させるものではない。それが大きな弱点なのだ。

自分の血を動かしすぎて体外に出せば、問題が起きる。

でも、《血液増大》は僕自身の血液量を増やしてくれる。

《血液増大》は無意識でもある程度働くが、最大限に血液量を増やすには軽く意識を向ける必要があった。

「ま、物は試しか」

僕は、指先の傷口からさらに血を出し続けた。血よ、増えろ。形を変えろ。

傷口に接触させている赤いナイフが、うごめき始めている。

念じると、血は素早く僕の愛用の剣の形に近づいていく。

すごいじゃないか。あっという間だった。

赤いナイフが赤い剣へと変化していた。

別に貧血気味でもない。同時に発動していると考えてよさそうだ。

赤い剣を軽く振ると、ひゅんと空気を切る音がする。

ナイフと同じなら、かなりの切れ味なのだろう。

ちょっと素振りに集中していたときだった。突然、扉がノックされたのだ。

ぎくりとして、僕は扉に向きなおる。

「イライザ……？　いや、まさか……」

もしアラムデッドの人間ならば、赤い剣を見られるのは避けたい。

僕は慌てて窓を開けて、部屋の花瓶に赤い剣をさして液体に戻した。

雑な方法だけれど、消し方までわからなかったのだ。

スキルに専念して、頭を使っていれば気は紛《まぎ》れる。

誰が来たのだろうと思った瞬間、いきなり扉が開かれる。

普通の来客なら、あり得ないことだった。

「失礼しますわ、ジル様」

「……!!　アルマ様ッ！」

僕は直立不動になって、お辞儀する。

アラムデッド王国の宰相であり、永遠の副王とも称されるアルマ・キラウスがそこにいた。

陶磁器のような白肌を薄青の服で包んだ美少女だ。

「あら、畏《かしこ》まらなくてもいいですわ」

「畏《おそ》れ多いお言葉です、アルマ様」

イライザからも、決して不興を買ってはいけない人物と念を押されている。

試練の数々で面識はあるとはいえ、気安い仲ではない。

僕は素早く近寄り、奥へと案内する。

いったい何用かと思ったけれども……婚約破棄のことだろう。

さっと手を振りアルマ宰相は長居しないことを示した。

なんらかの報告程度、ということか。それならばと、僕は机の椅子を差し出した。

「アエリア嬢から聞きましたが、血の味が変わられたそうですね？」

「えっ……!?」

思ってもみない言葉だった。アルマ宰相に僕の血を献上したことなんて、一度もない。

僕の驚いた顔が面白かったのだろう、アルマ宰相は小さく笑う。

僕よりも幼い外見なのに、妙に色気があった。

「ふふっ、私もたまにアエリア嬢のおこぼれにあずかっていますわ」

「そ、それは……光栄です」

日課の銀の皿が、私もたまにとんでもないところに出回っている。せいぜい同じ貴族の子女だけだと考えていた。

まさかアラムデッド王国のトップたるアルマ宰相の元にまでとは。

背筋から冷や汗が流れる話だった。今度、アエリアに軽く聞いておこう。

僕の血がどこまで飲まれているのかを。

アルマ宰相は、差し出された椅子にちょこんと座る。

首までのびたつややかな白髪をかき上げると、少女にはとても見えない。

数百歳という話だが、老人みたいな様子は一切ない。魅力的で、つぼみのような可愛らしさに溢れている。

アルマ宰相は浅く座り直して、ゆっくりと語りかけてくる。

詩を読んでいるような心地よい声音だ。

「まずは血を少しいただけませんかしら、ジル様？」

そう言うと、アルマ宰相はポケットから取り出したのだ。

黄金の鞘に包まれた指ほどの小さなナイフを。

アルマ宰相は返事を聞かずに、小さくも豪華な鞘を抜いた。

青白い刃から魔力の波動が伝わってくる。

恐ろしく高価な純ミスリルのナイフだ。

故国でも、王族やそれに準じる大貴族しか持つことができない逸品だ。

血を分けること自体は、日課としてアエリアにもしていることだ。

アルマ宰相の頼みならば、なおさら断れない。

「あ……でも、小皿がありません」

そうだ、銀の皿はアエリアに渡したままだった。

普段なら洗われて夜に戻ってくるのだ。

困ったな、粗末なもので出すわけにもいかない。

「……皿などいりませんわ」

「はぁ……？　しかし……」

「いいから、こちらに」
アルマ宰相がちょいちょいと手招きをする。
どういうことだろう。僕はすぐそばへと行く。
アルマ宰相は、近寄った僕の左手を優しく手に取った。
器用にナイフは持ったまま、柄《え》が触れることはない。
整えられた指先は、滑らかでひんやりとしている。
ヴァンパイアのなかでも、ひときわ冷たい。
僕の左手をアルマは興味深そうに見つめる。
そのまま僕の指一本一本を確かめるように、撫《な》でまわしていく。
少しくすぐったいが我慢だ。
ますますアルマ宰相が艶《なまめ》かしく見えてくる。
「指をいいかしら？」
アルマ宰相は、すっと僕の手を口の高さまで持ってくる。
もしかして、直に舐《な》め取るのでは……？
冷気が、手から腕へと上がってくる。
指先から直接吸血されるのは初めてだ。
身体の先からであれば、本当の吸血とはみなさないらしいけど。
精々、社交ダンスとか程度だと聞いたことがある。

首筋から離れると、意味合いはかなり薄まるらしいのだ。

それでも、頬が熱くなるのを自覚する。

「は、はい……アルマ様」

「くすっ、二人きりのときはアルマでいいですわ」

冗談めかしてそう言うと、今度は右手を手に取る。

同じように、僕の右手人さし指を愛おしそうに触った。

アルマが濡れた瞳で指をつまみ、ナイフを一閃させる。

毛筆のような、さらりとした感触だけだった。

痛みはなく、人さし指の第二関節から血がじわっと流れる。

「……いただきますわ」

すでに陶然となったアルマは、僕の指を口に含む。

アルマの口の中は、川の水のように冷たい。

舌が爪先をなぞり、血を舐めている。

「ん……ちゅ……ふぅ」

あえてそうしているのか、アルマは音を立てて吸っていた。

いや、血だけじゃない。指全体をいやらしく。

見惚《みほ》れていると、アルマは指を口からゆっくりといったん離した。

唾液《だえき》が陽光に照らされ、糸を引く。

「あまり……味に変わりがないようですわ」

若干、がっかりしているようだ。

そうだ、スキルを使っていなかった！

なにも意識していなかったのだ。

一瞬躊躇したがどうせアエリア経由で、第二スキルのことは知られている。

変に隠し立てをしてもつまらない。とりあえず僕は念じ始めた。

甘くなれ、甘くなれ。

とろけるように、病《や》みつきになるように。

……エリスが、虜《とりこ》になるほどに。味については、これでよかったはずだ。

意識を向ければスキルは発動する。神の贈り物を使うのは簡単だ。

「ん……ちょっと匂いが変わりましたわ」

指からは新しい血が流れてくる。アルマは流し目をして、舌を出して血をすくう。

そのまま舌で、すくった血をじっくりと味わう。

きらりと、アルマの目が輝いた。

「美味しいですわ……！　信じられないほどまろやかで、味が深いですわ」

僕に血の味はわからないんだけども。グルメだろうアルマも認める程度には、美味しいらしい。

少しの間、指から舐めるのにアルマは専念していた。

血を舐める音だけが室内に響く。まるで現実感がない。

一国の宰相に、ひたすら指を舐められるなんて。

僕はその間、立っているしかない。

「ジル様、手が寂しそうですわね」

そう言うや、アルマは僕の空いてる左手を取り、自身の髪に差し込んだ。

不意の行動に僕は息をのむ。

「撫でてください、ジル様」

「そっ、それは……」

「私は髪を触られると、落ち着くのですわ」

アルマの髪は、まるで上質の羽毛だった。

とにかくふわふわとしている。小ぶりな耳が、心なしか赤くなっている。

思う存分触りたい衝動がわき起こるが、あとが怖い。

それでも、文句を言われない程度には撫でてみる。小鳥に触れているようで気持ちがいい。

とはいえやりすぎると、なにを言われるかわかったものじゃない。

そもそも、なぜ血を吸われるのかも謎だった。

「ふぅ……んっ……」

ひとしきり舐めると、アルマは舐めるのをやめた。

唾液と血にまみれた僕の指を、アルマは丁寧にハンカチで拭《ふ》いていく。

金の刺繍がされた、これまた高そうな品だった。

アエリアが普段持っているものと同じく、治療魔術が施されている。

指から血の流れる感覚がなくなっていく。

僕もアルマの髪から手を放した。

アルマは頬も薄く桃色に染まっている。白髪との対照で、余計目立っていた。

「ごちそうさまですわ。とっても、美味しかったですわ」

「……はい」

まさか本当に、血を飲みに来ただけだろうか。

「ジル様……血をありがとうございましたわ」

「いえ、これくらいならなんでもありません」

アルマはぴんと背筋を伸ばして、椅子から立った。

間近だと僕よりも背が低いので、目線が下がる。

アルマはぎゅっと僕の手を握りしめ、ひらりと背を向けた。

手を繋いだまま、ゆっくりと歩きだす。

「ぜひともお礼をさせてくだい、ジル様」

それが本題か。僕を連れ出す口実なのか。

まわりくどいと思ったが、ヴァンパイアらしくもあった。

僕の血が欲しかったのも、半分は本当だろう。

どのみちアルマの申し出は非常に重いのだ。

拒む選択はありえない。企《たくら》みがあっても小細工が必要な立場ではないはずだ。

つばをのみ込み、僕はアルマについていくのであった。


何かの罠《わな》、ということはないだろう。

アルマの権威はすさまじい。僕をどうこうするくらい、いつでもできるのだ。

手も繋いだままだけど、僕からは振り払えない関係だ。

それが、アルマと僕の力の差であった。

部屋を出ると、アルマの護衛と僕の護衛が待っている。

僕とアルマを見て無理もないけれど、僕の護衛は驚きに目を白黒させる。

アルマの護衛は逆に、全く顔色を変えない。どうやら、日常の光景らしい。

「ちょっとアルマ宰相に同行して出かけてくるよ。君たちは待機してて」

「あら、連れていっても構わないですわ」

意外な申し出だ。てっきり僕とアルマ、アルマの護衛だけかと思ったけれど。

やはり、それほど裏があるわけではないのか。

「わかりました……じゃあ、一緒に来て」

護衛たちは頷き、僕たちと歩き始める。一人はイライザへの報告に走らせた。

館にいるのは僕の婚約に関係する者だけで、無駄な者はいない。

来客もまれなので、閑散としている。

ぎしりと鳴る階段を下りて、大きな扉をくぐり抜けた。

やや埃《ほこり》っぽい館から、一気に爽やかな外へ出る。

そういえば婚約破棄から、新鮮な空気なんて吸ってなかった。

一方、ヴァンパイアには真昼の日光は厳しいものだ。皆、日傘を開いて防御する。

黒や茶色の傘が一斉に影をつくるのは、アラムデッド王国ならではだ。

僕たちはぞろぞろと館から歩きだす。

アルマがいるので、誰にも呼び止められることはない。

「アルマ様、ところでどちらまで行かれるので？」

目的地も聞かないで僕たちは石畳の道を歩いていた。

住んでいる館は王宮の敷地の外れにある。

ある程度開かれているが、威圧的で古びた石造りの建物ばかりだ。

茂っていない樹木を植える、屋根の高さをばらつかせるなどの日光を取り入れる工夫もなく、ディーン王国の王宮の印象と比べると薄暗い。

「最上位貴族御用達の隠れ家ですわ。王都の外れにありますの」

アルマは楽しそうだ。

まるでピクニックにでも行くかのように、腕を振る。

繋がれている僕の腕も、振り子のようになる。

たまに意味深に、にぎにぎと繋ぐ手に力をこめられる。

そのまま白馬の馬車まで連れていかれると、アルマと僕は乗りこんだ。

王家の、三日月にこうもりの紋章が飾られている。

装飾は控えめだが、魔術による加護が何十層にもなっている。

移動する砦《とりで》と形容するのがふさわしい。内装も王家の馬車とは思えないほど簡素だ。

金銀は使われておらず、古木で静かにまとめられている。

センスのよい茶色、葉をモチーフにした彫りと調度品が大樹の森を想像させる。

一国の宰相のものにしては、おとなしすぎる内装だった。

アルマは手を離して奥の席に着いた。左手で促すように横の席をぽんぽんと叩く。

「……質素と思いまして？」

「正直、そのように思いました」

勧め通り、アルマの隣に座る。

目立たない灰色のクッションに身体が少し沈む。馬車がゆっくりと走りだした。

音を消す魔術もあるのだろう、車輪の音がしない。

滑るような感覚があるだけだ。

「だって、せっかくの専用馬車ですわ。一人のときも多いですもの。癒やし、静寂の空間であってほしいですわ」

「なるほど……そうですね」

貴族の馬車は自身の財力、権力を誇示する格好の道具だ。

アルマのように現に宰相、裏で皇太子をも凌《しの》ぐ権勢があるなら見栄はいらない。

小窓に視線を移すと、馬車は王宮を出て城下町へと入っていた。

ヴァンパイアの王都は恐ろしく静かだ。大半のヴァンパイアは、家で息をひそめている。

街を歩くヴァンパイアも、ほとんどが日傘か厚手の服で光を避けている。

人間や獣人、エルフといった他種族だけが普通に行き交っている。

それでも都の規模にしてみれば、いないも同然の数だ。

そして夜は、眉をひそめるような都でもある。

嬌声が響き、血を求めるヴァンパイアと、血を売っている他種族が交《まじわ》る。

他種族で少なくない数者がヴァンパイアに己が身を売っていると、今の僕は知っている。

責めるつもりはないが、自分でやる気はさらさら起きない。

腐っても僕は貴族だ。

神からのスキルによる栄達と自分の身を売るのとでは、雲泥《うんでい》の差だと思っていた。

ディーン王国に比べて、この都は奇妙で気味が悪い。

ヴァンパイアのものでなければ、背徳の都と非難されるだろう。

王宮と変わらず尖塔と樹木が陽光を覆う。冷たい石畳が敷きつめられ、噴水や水路といった清涼なものはない。

ヴァンパイアは水が苦手だからだ。

「ジル様、一つお聞きしたいのですが……。今、家令や執事はおられますか？」

「……いません」

父と有能な家臣たちは、先の大戦で戦死していた。

困窮のため、残った人たちも暇をやらざるをえなかった。

今は事実上、イライザが執事として機能している。とはいえ、正式な主従関係ではない。

イライザは宮廷魔術師であり、所属機関の命令で補佐になっているだけだ。

「それならば、きっとお喜びになられると思いますわ」

「……？」

「お礼をすると言ったではありませんか。気に入ると思いますわ——ぴったりの人がいますの」

アルマは顔を僕の耳に近づけた。雪のような息が、僕の耳にかかる。

「お礼の品は……強く美しく賢くて従順な、いわゆる女奴隷ですわ」

心底面白そうに、アルマは言い放ったのであった。

僕は、あっけにとられてしまった。

覗きこむと、玩具をみせびらかす子どものような顔をしている。

「……奴隷ですか？」

ディーン王国でもブラム王国でも、当たり前のように奴隷制度は存在する。

それでも、他国の貴族から奴隷を受け取るのは少し軽率だ。

いつ背後から襲われるかわからない。

「心配することはありませんわ。ちゃんと契約の魔術で縛っていますもの」

「ただの奴隷にですか⁉」

契約の魔術は、裏切り防止としては最上の手立ての一つだ。

ただ、大掛かりな儀式が必要になる。他人に渡す奴隷に使うなど、普通は考えられない。

契約の魔術を行使すれば、主従間においては絶対服従だ。

イライザに調べてもらえれば真偽はわかるはずだった。

「それだけ手間をかけていますの。ただ右から左に渡すわけじゃありませんわ」

馬車が、王都の大通りから森の中の道を走り始める。

塔よりも高く、見上げんばかりの大樹の森だ。葉が濃い緑に染まって、陽光を通すことはない。

気温も少し下がったような気がする。

「どういう……おつもりでしょうか？」

僕は両手の指を組み、アルマのほうを見る。普通のお礼の仕方ではない。

「……個人的に申し訳ないと思っていますわ、エリス王女様とのことですが」

「あれは……その……」

「おとなしくしていてくだされば、あれほど才に溢れ、美しい方もおられませんのに」

アルマは呆れた、というように肩をすくめた。表情の上では本当にそう思っているようだ。

とはいえ僕に本心を見透かされるほど、単純ではないだろうけど。

「その埋め合わせ、とでも思ってほしいのですわ。非公式ではありますが……」

「お受けしかねます、アルマ」

「ふむ……ま、そうですわよね。でもひと目見るだけでもどうでしょう？　護衛や秘書として置くだけでも構いませんわ」

「……ですから、私は」

いきなり、アルマは僕のふとももに手を置いた。

そのままゆっくりとさすっていく。まるで恋人同士のやりとりだった。

馬車の中でなければ、跳びはねていたかもしれない。

「アルムデッドは誘惑が多いでしょう。男の方には、いろいろおつらいのではなくて？」

アルマがちょっとだけ肩に顔を寄せてくる。

舞い散る雪色の髪が、僕の胸にかかる。

ほのかなバラの甘い香りが僕の鼻をくすぐる。本能に訴えかけてくる。

「そ、そんなことは……」

「ジル様は真面目で純粋ですのね。王家に入る方としては安心ですわ」

まだ僕のふとももをさすさすしている。

お遊びのつもりだろうけど、どきどきしてしまう。

「でも……王家に入るなら重要な務めがありますわ」

「……子どもですよね……」

「その通りですわ。跡継ぎに憂いがなくなってこそ、国も安泰《あんたい》ですわ。ヴァンパイアはどうにも子どもができづらいですし……その分、優秀な種族ですけれども」

人間種族での寿命と人口が反比例している。エルフとヴァンパイアは、長命と引き換えに子どもができにくい。今のアラムデッド王家も、国の規模に比べれば人数は少ないのだ。

アルマがちょっと腰を浮かせて、僕の顔に頬を近づける。

「今となっては非礼ではありますが、エリス王女様を惹きつけられますか？」

「……っ」

そう言われると、ぐうの音も出ない。

いや、むしろ言葉にしてほしくはなかった。

「でも、エリスは僕との婚約を――」

「だからこそ、ですわ」

アルマは顔を離して僕を見据える。真剣な瞳だった。

「エリス王女様を繋ぎ止める、よい練習と思ってくださいな。お抱きになるにしろ、あるいは話し相手にとどめるにしろ」

一理はある気がする。エリスとのことだけじゃない。

たとえエリスとの婚約が本当になくなっても、僕は別の人と結婚することになるだろう。

貴族である以上、家を続けなくてはならない。ただ結婚の後どうなるかは、当人たち次第だ。

円満な愛ある生活を送るか。貴族にありがちの、名ばかり夫婦となるか。

エリスに婚約破棄をされたのは、自分には魅力がないからじゃないのか？

思えば、貴族らしい華やかさとは無縁の僕だ。

イライザやアエリアは立場があるし、ただの雑談相手や女心を知る相手にはふさわしくない。奴隷に手を出したりはしないけど、女心をつかむ練習はしておいてもいい。

それに、信頼のおける家臣が必要なのも事実だった。

家まわりを任せられる有能な人材はいずれ絶対に必要なのだ。妹にも苦労はさせたくなかった。

たとえエリスと離れてディーン王国に戻るとしてもだ。

契約の魔術が施されているなら、安心なのも間違いない。

「エリス王女様を抜きにしても、損のある話ではありませんわ」

「……はい」

僕はため息をついてしまう。言いくるめられた感は否めない。

ひと口に奴隷といっても、様々な事情がある。

一度受け取ってから解放して、自由にしてやればいい。

とりあえずひと目合おう。

そうでないと、アルマは納得しそうにない。

馬車の滑る感覚が唐突に終わる。暗い森を通り抜けて、目的地に到着したようだ。

「さ、着きましたですわ。気に入らなければ、お手をつける必要もありませんし。執事としても十分すぎるほど有能なのは、保証しますわ」

降りるときは、さすがに手は繋がなかった。

目の前には、赤茶で染め上げられた縦長の館がある。周りは壁で覆われており、兵が何人も守りについていた。

森の中を切り開いて建てられたようだ。

この建物がそういう用途なのはすぐにわかった。

敷地内の彫像が、女性の裸体像だらけなのだ。遠慮する様子もなく、建物にもよく手入れされた庭にも置いてある。

ごくりと喉《のど》を鳴らす。館は見るからにいやらしく、退廃的な雰囲気を放っているのであった。

すでに僕の呼吸は、浅く速くなっている。

ほいほいとアルマについてきたことを、後悔し始めていた。

こんな館は、ディーン王国の王都にはない。

濁った血を連想させる建物の赤茶色は、吸血の象徴だろう。

まさにヴァンパイアたちの欲望が具現したような建物だった。

アラムデッド王宮とも全く違う空気だ。湿ってまとわりついてくる。

「さぁさ、どうぞいらっしゃい。怯《おび》える必要はありませんわ」

女性の裸体像が乱立するなか、黒の日傘を肩に朗《ほが》らかにアルマが促す。

雪の妖精のように可愛らしいアルマだが、なんと場違いなんだろう。

僕は一度、馬車を振り返る。

不安が胸に迫ってくるが、アルマの許しなしにはもう戻れない。

今回だけ、ひと目だけだ。僕は自分に言い聞かせて歩きだした。

館の庭は、そう広くない。

スキップするように軽く歩くアルマに比べて、僕の足取りは重い。

僕たちが近づくと、大きな扉が中から開かれる。

外とはうってかわって、内装は豪華で見事なものだった。

真っ赤な絨毯が敷きつめられ、木材も光沢がある。

森の薄暗さとは対照的に、きらびやかに光も満ちている。

まるで舞踏会や晩餐会の会場のような高級感だった。

「ようこそ、お待ちしておりました」

「……うわっ⁉」

僕は思わず顔を背けてしまう。現れたのは猫族の獣人の女性だった。小さな耳と尾がある。

人間種族の一つだが、アラムデッドの王宮で見かけることは少なかった。

問題なのは、服が透け透けであったことだ。

きわどいところだけは生地が濃くなって隠されていたけれど。

ちらっと視界に入っただけだが、美しい妙齢の女性だった。

金色の尻尾が輝いているようだ。胸も大きく谷間をつくっていたと思う。

彼女は、黒塗りの文書を入れる筒をアルマに手渡した。

契約魔術は、紙と対象となる奴隷に魔術的な処置をして完成する。

多分、中にあるのは契約魔術の書類だろう。

「ちょ、ちょっと……！」

「刺激が強すぎましたか？」

こくこくと、僕は頷く。いくらなんでも大胆すぎる。

「彼女でもいいんですのよ？」

ひらひらと手を振りながら、アルマは先に進んでいく。

全く、なんという冗談だ。

「あの……なにかお気に障《さわ》りましたか？」

女性が近づいてきて、心配そうに覗きこんでくる。

谷間が強調され、くねる腰つきに目が吸い寄せられそうになる。

ふりふりと揺れる尻尾やぴくつく猫耳も魅惑的と言わざる得ない。

「い、いえ！　大丈夫ですからっ！」

獣人族は情熱的で、そっち方面はいろいろすごい種族らしいけど……。

いきなり誘惑にあうとは思わなかった。

筒をくるくると回すアルマを急いで追いかけ、大階段を上っていく。

手すりには毛皮がかけられており、気持ちよい触り心地だった。

所々に燕尾服を着たヴァンパイアがおり、彼らのお辞儀を受けながら奥へと行く。

途中、他の客に会うことなく二階の大部屋へと通された。

ぴたりと僕の足が部屋の入り口で止まる。王宮での僕の部屋によく似ていた。

いや、細かい調度品や僕の持ち込んだものをのぞけば、そっくりな部屋だった。

間取りはおろか、ベッドやタンスさえも。

窓の形やカーテンでさえ見間違えるほどだ。ぞわりと身体が震える。

「これ、は……」

「どうです？　この部屋なら、少しはリラックスできるのではなくて？」

どうやら嫌がらせの類いではなく、本気で言っているらしい。

なるほど——昨夜、僕が飛び降りようとした窓もそのまま再現されている。

イライザを押し倒したベッドもだった。

頭の中が急速に冷えていく。

今の僕なら、この部屋で誰に誘惑されても振り払える。

黒い思い出と気持ちが、ふつふつと湧き上がる。

でも表情に出してはいけない、ここを出るまでは。

「入り口で立っていては呼べませんわ。ささ、こちらへ」

アルマが僕の両手を取り、ベッドへと連れて座らせる。

さすがに枕に涙の跡はない。

アルマが僕の前に立ち、ぱちんと指を鳴らす。それは部屋の外への合図だった。

「失礼……します……」

透明感のある、よく透き通る声だった。

入り口に目をやると、一人の少女が立っている。

白い耳が尖《とが》り、腰まで流れる髪は薄い金色だ。

顔つきは確かに知的な趣がある。

それよりも目や鼻、口が整いすぎていた。

自然に生まれたとは思えないほど、バランスが魅力的なのだ。

僕は彼女がエルフ、それも貴族の出身だとすぐにわかった。

金髪こそ、エルフでは高貴な血筋の証《あか》しなのだ。

年は、僕とほとんど変わらない。背恰好はだいぶ小さいけれど。

先ほどの女性と違って、服は露出しているわけではない。

ただ、着ている服の生地が薄すぎる。

ふっくらとした胸と細い腰つきとふとももが、まるわかりだった。

さらに装飾の類いは一切ない。身体だけがくっきりとわかってしまう。

街中ではとても歩けない服だった。彼女はぺたぺたと静かに歩き、アルマの隣へと並ぶ。

顔からは、緊張や不安はうかがえない。

というより無表情に近い。

「彼女の名前はシーラですわ。見ての通り、純血のエルフですわよ」

「よろしくお願いします……」

シーラは手を膝にのせて、丁寧なお辞儀をする。

薄い布生地からいろいろこぼれそうだった。

「では、ジル様にはこれをお渡ししますわ」

アルマは黒塗りの筒を開けて、中から一枚の紙を出した。

古ぼけた紙からは魔力が放射されている。

紙は魔力を含む樹で作られ、魔術文字が書きこまれているのだ。

ディーン王国でも見たことがある契約魔術の書類だ。

「すでにいくつかの項目でシーラは縛ってありますが、好きなように書き換えてもらって構いませんわ」

「……はい」

「私は先に戻っていますわ。馬車は用意させておきますから、後はどうぞごゆっくり……」

「あっ……」

アルマは、さっさと部屋から出ていった。

残されたのは僕とシーラだ。きれいな女の子だけど、彼女を抱くつもりは僕には毛頭なかった。

お互いに向かい合うまま、気まずい時間が過ぎていく。

「ジル様……私を抱きはしないのですか？」

胸に手を当て、シーラが僕に近づいてくる。

淡々としており、心の動きが感じられない喋り方だ。

すました顔でこういう状況でも動揺しない芯の強さ、それに喋り方。

どことなく妹に似ていた。

なおさら抱こうという気は失《う》せていた。

「……そうだよ」

「それなら……お願いがあります」

シーラは、見事な動きで床に平伏《へいふく》した。

「私をこの国から……残酷なヴァンパイアの国から連れ出してください」

シーラは頭を床につけたまま動かない。

ため息をつきながら、僕はベッドから立ち上がった。

細い肩をつかみシーラの顔を上げさせる。相変わらず、表情はうかがえない。

「僕はアルマ宰相に連れてこられただけで、君をどうこうするつもりはないよ。自由になりたいなら、そうする」

「……ありがとうございます。でも、ここで解放はできないはずです」

「契約魔術、か……」

「はい、主人を持つように……主人の側にいるようにと私は縛られています。自由になれ、という命令があっても契約魔術そのものが消えないと……無理です」

逃亡防止のためとはいえ、ひどい話だ。単に紙を破ればいいという問題ではない。

契約魔術に背《そむ》くことは激痛、最悪の場合は死を招くことになる。

紙は覚書や書き換えを容易にするための、ただの付属品だ。

契約魔術をまるごと解除することは、簡単にはできない。縛るのと同じ程度の手間がかかるはずだった。

アラムデッド王国から逃げたい、というのは理解できる。

婚約破棄からまだ半日だけれど、ヴァンパイアの本質の底がわかってきた。

これまでも色目を使われ、誘惑されることはあった。

だけど、理由のほとんどはエリスの婚約者だからだと思っていた。

婿入り状態とはいえ、王族入りの貴族だ。近づこうという輩が多くても無理はない。

だけど、アルマが部屋を訪ねてきて、ここまで連れてこられて嫌気がさしてきた。

ヴァンパイアなりの好意、誠意なのだろう。

それにしても、婚約破棄をされた人間にすぐ新しい奴隷をあてがうだろうか？

しかも、明らかに性的な目的でだ。

ヴァンパイアのまっすぐに享楽的なのは、理解に苦しむ。楽しいことに貪欲で過去を顧みない。

それと、自分の趣味に他人を巻き込むのが好きなのだ。

「契約魔術を消すのは……難しいよ。手間もお金もかかる」

「わかっています……。お金がすごくかかることは」

シーラはうつむいて予期していたように、

「……叶《かな》うならお側《そば》に置いてもらえないですか？」

「奴隷としてじゃなく、だよね」

アルマも言っていた、僕自身の執事や家臣としてということだろう。

ディーン王国ではエルフやドワーフ、獣人といった種族への偏見はない。

大国でもあるディーン王国では、様々な種族を分け隔てなく採用している。

能力があるかはわからないけど、アルマ宰相から推薦された人材ではある。

ふさわしいかどうか、試してみる価値はあった。

「いいえ……奴隷のままでいいです」

シーラは、ゆっくりと首を振る。

さらっとした金髪がシーラの顔にかかる。

「そのかわり、副業を認めてほしいのです。モンスター退治でも、鑑定でもなんでもやります。

……自分でお金を稼ぎます」

「契約を解除する資金集めとして？」

シーラはこくんと頷《うなず》いた。

「もちろん、ジル様から命じられたこともやります……どんなことでも」

ちょっとだけ、最後に力がこもった言い方だった。

恐らくいやらしいことを念頭に置いているらしかった。

そのつもりはなかったんだけども。自分で自由を勝ち取るため、か。

見かけは深窓《しんそう》のお嬢様だ。でも内に秘める意志は鮮烈だった。

初対面の僕にも臆《おく》さず、妥協できそうな落としどころを見つけている。

「……一つだけ聞かせてほしいのだけど、どうして奴隷に？」

奴隷にも種類がある。

罪人奴隷や戦争奴隷や、ずっと奴隷の血筋だとかだ。

ディーン王国にもエルフの奴隷はいるけれど、金髪でエルフの奴隷はほとんどいない。

プライドのある高位のエルフは、奴隷になるよりは死を選ぶだろう。

よっぽどの事情がない限り、奴隷にはならない。

契約魔術の影響下なら、嘘をつくことはできないはずだ。

なにか特別な理由があるのか、シーラの事情が知りたかった。

「私の部族は……突然アンデッドの大軍に襲われ、数十年前にアラムデッド王国に身を寄せざるをえなくなりました」

シーラの声は本当によく通る。

聞きやすくて大きい声ではないのに、心にしみわたってくる。

「そのときにヴァンパイアと契約を結んだんです……定期的に奴隷を出すこと、と」

「そういうことか……」

部族そのものが、人質にとられているようなものだ。

契約魔術がなくても逃げないだろうに、なおさら酷《ひど》いことだった。

「お金があれば、奴隷は出さなくても済むそうです……でも、生活は厳しくてそんな余裕はありません」

「エルフなら、いろんな技術があるんじゃ？　それを生業にすれば……」

「そういう人たちはほとんどが、襲われたときに死んでしまったそうです」

抜け出せない網だ。稼げれば奴隷にはならなくて済むが、稼ぐ手段がない。

シーラは、高級奴隷として教育を受けている。

奴隷になって初めて奴隷を抜け出せる能力を学べるとは、皮肉だ。

シーラが自分の金髪をつまむ。

「私の家も、元は部族長に連なる家だそうです……。今は、部族で最も奴隷を出している家系です」

つまり、今後もシーラの親族から奴隷が出るということだ。

僕は貴族に踏みとどまれたからよかったが、寒気がする話だった。

一歩間違えばシーラたちと同じ道を辿る。妹が奴隷になったらと思うと耐えられない。

生きるためとはいえ、つらいことだ。あるいは生きるだけでも、苦痛なのかもしれなかった。

同情もするし、応援したくもなる。

シーラの今は、僕がかろうじて避けたものなのだ。

「いいよ、とりあえず館に連れて帰る」

真剣さをこめて僕は言った。

もちろん、本当に側に置くかはちゃんと調べてからだけれど。

「……ありがとうです……」

シーラが僕に抱きついてきた。
しっとりとしていて吸いつく肌が、僕の腕の中におさまる。
薄い布地が、胸の大きさや形をくっきりと僕に伝えてきてしまう。
僕の頭を抱きかかえるように、ぐぐっと力をこめてくる。
尖った耳が僕の顔をかすめた。
腕を背中に回したりはしないけど、彼女の安堵は痛いほどよくわかる。
「命をかけて尽くします……」
シーラは立ち上がり、強い目で僕を見た。
僕にはその瞳が好ましかった。そうと決まれば、長居は無用だ。
僕は、シーラと一緒に館をさっさと出ることにした。

服については、予備があったので多少ましになった。
フリルの付いた薄めの服だ。
まだちょっと裾やらが短いけれど仕方ない。
馬車で帰るのだから、人目には触れないはずだった。
僕の護衛十人と貴族用の黒塗りの馬車で、来た森を戻っていく。
太陽が最も高い時間のはずだけれど、とてもそうとは感じられない。
突然、馬車がうなりをあげて急停止する。

何事かと小窓からちらっと外を見て、僕は事態を把握した。

道の先に粗末な馬に乗り、武器を構えた集団が待ち構えていたのだ。

集団は二十人ほどになるか。しかもぼろぼろの杭《くい》を道に置き、邪魔をしている。

「……囲まれています」

目を閉じ長い耳を動かして、集中するシーラは言ったのだった。

馬車から顔を出すように外を見ると、確かに隊列の横にも曲者《くせもの》がいた。

樹々の合間、馬車の右側面にも十人ほどだ。

全員弓や槍を持って、武装している。

左にも後ろにも同じ程度いるなら、総勢で約六十人だろうか。

前方の集団より、馬に乗った男が一人で前に出てきた。

とんがり帽子に茶色の長い羽根を付けて、気取っている。

年齢は四十くらいか、中肉だが背は高めだ。

顔は浅黒く、ヴァンパイアではなく普通の人間のように見える。

彼は手を振りながら大声を向けてきた。

「お楽しみよりお帰りの、貴族様！　少しばかり時間を拝借！　我らその日暮らしの貧乏人、時には恐れを知らぬ盗賊団!!」

まるで役者のような、力のこもった台詞《せりふ》だった。

すぐに襲いかかってくるわけではなさそうだ。

口上からして手慣れている。初めてではないと僕は悟った。

「ゆえにその富を恵んでくれれば、すぐにでも去りましょう！　血を見ることもない、馬車から降りるにも及ばない！　装飾品をいくつかと、剣や盾《たて》をちょっと貰えれば文句なし！」

なるほど、王都外れに網を張って金品を脅し取るのか。

僕はちょっと感心してしまった。

ディーン王国では、盗賊団も血の気が多い。

問答無用で飛び掛かり、火をつけて殺して奪う連中がほとんどだ。

それに比べると、こいつらは長く血を吸い続けるダニのようなものだ。

一人当たりの被害を少なくし、貴族のプライドを刺激しすぎない。

あくまで施しを受けた、というかたちにしておくのだろう。

被害に遭った貴族も、軍に言いづらくなる。

互いに血を見るよりも、多少の出費で終わりというわけだ。

合理的だが――それでも盗賊に変わりはない。

ディーン王国でも散々、盗賊は斬ってきた。情けは無用だ。

黙っていればのさばらせるだけなのだ。

他国でお節介かもしれないが、正義の心が湧き上がってきた。

僕は馬車に備え付けられた、鞘《さや》に収まった剣を手に取る。

刃をひと目見ただけで、かなりの業物《わざもの》だとわかった。

「ジル様……どういたしますか？」

シーラが目を見開き、僕を見た。少しの不安がシーラにちらついている。

盗賊に襲われれば男は殺され、女は奴隷にされる。

この盗賊たちも紳士ぶっているが、元々奴隷であるシーラがどうなるかは怪しいものだ。

「決まってる……。火の粉は払う。シーラは戦えるんだよね？」

きっぱりと僕は言った。

金品を恵んで見逃してもらうなど、論外だ。

「もちろんです、お任せくださいです。……魔術は防御や支援が主ですが」

「例えば、どんな？」

「私の矢避《やよ》けの結界《けっかい》なら、全員を守れます」

契約魔術により、嘘偽《うそいつわ》りはないはずだ。

矢避けの結界は上級魔術。非常に心強いと同時に、驚かされる。

ディーン王国でも宮廷魔術師級でないと、使いこなせないはずだ。

「それでいい。後ろは任せたよ」

僕たちは十人、相手は六十人ほどだ。しかし、苦戦するわけがない。

護衛はディーン王国の精鋭だ。シーラの能力を見る、いい機会だろう。

それに、さっき試したスキルを使ってみるのも悪くない。

僕は馬車の扉に手をかけて、開け放った。

剣を腰に差し、羽根飾りの男を見据える。

男は、面白そうに口笛を吹いた。

「おやおや、昨夜から王都でいっそう話題の時の人！　ジル・ホワイト男爵ではありませんか!?」

「気安く僕の名を口にするな、盗賊風情」

「おっと、手厳しい……！　振られた直後というのにお元気ですなぁ。女に逃げられたら、私なら三日は寝こむ！」

どっと盗賊団から笑い声が上がる。舐めきった態度だ。

しかもエリスとの婚約破棄まで嘲《あざわら》った。

頭に怒りが、流れこんでくる。

こういう輩は、排除しなければならない。目にものをみせてやらなくてはいけない。

「それで、馬車より降りたのはどういうわけで。気前のよい所を見せて下さるのでしょうかね？」

「ふざけるなよ」

僕は言うや、剣を抜いた。

護衛にも盗賊団にも緊張が走る。

でも僕は、剣を左手の甲にちょっと滑らせただけだった。

血がすうっと流れてくる。

場の面々は、僕の行動に呑まれている。僕は血に祈り始めた。

もっと流れろ、手を覆うまで。形をなせ、思う通りに。

《血液増大》で流れる血を増やすのと同時に、僕は《血液操作》を試みる。
操作系スキルは、やはり対象を武器の形にするのが基本だ。
拾った丸太が盾になったり、川の水を剣にしたりとかの伝説が残っている。
でも、僕はもう少し違う使い方をしたかった。
さっきの剣も悪くなさそうだったけど、あれだけでは駄目だ。
二つのスキルを組み合わせれば、考えていることができるはずだ。
ぶっつけ本番だけれど、駄目なら剣を振るえばいい。
猛烈に出る血の臭いが鼻につく。量も先ほどとは桁《けた》違いだ。
赤い筋がゆっくりと宙に浮かび上がり、細長くなっていく。
想像しろ、形をつくり出せ。
それは赤黒の不気味な弓だった。尖っており、武骨なつくりだ。
僕の左手には、血でつくられた大弓が収まっていた。
ディーン王国やアラムデッド王国に来てからも続けている、狩猟で使う弓だ。
手応えは悪くない、それどころか馴染んでいる。
弦《つる》も、血の固まりやらで再現できているようだ。
「なんだぁ⁉　やろうっていうのか？」
羽根飾りの男が警戒する。
でも、もう遅い。

肩を少し落として力を抜き、僕は弓をまっすぐに構えた。

もうひとつ、つくらなくちゃいけないものがある。

右手で弓の弦から引き絞るように、矢をつくり出す。

鮮血の真紅の矢だ。鋭さも硬さも申し分ない。

これまで通りに射《う》てばいい。

ディーン王国でもやっていた、盗賊討伐やモンスター退治を思い出せ。

僕は、羽根飾りの男に狙いを定めた。

赤黒の弓が軽くしなり、力が張りつめる。

男が馬を返すような素振りをする。

正体のわからない僕の行動に反応したのだ。下がらせるものか。

躊躇なく、僕は矢を放った。

真紅の矢は風を裂《さ》いて、羽根飾りの男へと飛んだ。

しかし、武術の心得が多少あるらしい。

男はとっさに両腕を前に出して、顔と胸をかばった。

急所だけは守ったのだ。

そのまま男の左腕に、矢が突き刺さる。血の矢は直後、硬さを失い液体となって零《こぼ》れ落ちる。

「うぐぉっ⁉」

男が苦痛の声を上げるのと同時に、盗賊団がいきり立つ。

攻撃を受けて本性が現れた。紳士ぶっていても結局は盗賊だ。

数や力で悪事を働くことに変わらない。

「あいつ、やりやがった!!」

「相手はたった十人ぽっちだ、やっちまええ！」

両側の数人が矢をつがえ、前後の歩きの盗賊団もなだれこんでくる。

羽根飾りの男は、軽率には動かなかった。

僕は弓を掲げて力強く護衛たちに呼びかける。

「ディーンの精鋭たちよ、異国の地であろうと正義をなせ！　盗み奪う、悪を討《う》て！」

「オオッ!!」

素早く護衛たちが背を向き合わせながら、僕を中心に円を組んだ。

半分は馬に乗り続け、残りの半分は徒歩になって構える。

そのときだ、馬車から扉が開けられる音がする。

振り向くと、シーラが歩み出ていた。

不慣れな盗賊たちでもこの間に狙いは定めたようだ。

今度は、僕たちに十数本の矢が放たれる。

「……風の精霊よ、我らを守れ」

平坦な声の、たった一言の詠唱だった。

放たれた矢が不可視の壁に弾かれたかのようになった。

矢避けの結界だ。強力な魔力が僕たちを覆って守っている。
こんなに発動が速くて範囲が広いのは、見たことがない。
「なっ……矢が!?」
「魔術だ、囲んで叩いちまえ!!　いいか、貴族の男爵は殺すなよ！」
羽根飾りの男が矢を引き抜き、怒声を上げる。
すでに周りの盗賊が間に入っているので、すぐには狙えない。
粗末な槍や剣を持った連中が突っこんでくる。
でも焦ることはない。
連中の身体の大きさに比べて、武器がかなり小さいのだ。
ろくな訓練をしていないからだろう。
大きな剣、槍だと振り回される。だから、小さい武器を使うしかないのだ。
ディーンの精鋭は、そんな連中に後れはとらない。
向かってくる剣を打ち落とし、あるいは盾で受け止める。
止めた後は瞬時に反撃だ。
魔力がこめられた護衛たちの武器は革鎧《かわよろい》程度はたやすく貫く。
盾を持つ相手なら魔術で押し返し、隙《すき》をつくって攻めるのだ。
「あぎゃあ!?」
最初に突っこんできた盗賊たちから悲鳴が響く。

対人戦も、護衛たちには豊富な経験がある。

吹き飛ばされ、あるいは胴体を刺された盗賊はすでに五人を超えた。

一瞬の攻防のなか、僕は第二の矢を血から生み出す。

今度は、ちょっと小さめでいい。

陣形の円に近づく盗賊の頭に向けて矢を引き絞り、放つ。

距離も近い、一人の盗賊の肩に刺さる。

さらに三本目を生み出して放ち、四本目をつくり連射する。

一発がまた別の盗賊の右腕に当たる。

苦痛の叫びを上げて体勢を崩したところを、護衛が槍《やり》で貫いた。

もう一発は頭に命中した。

うめき声を上げ後ろ向きに倒れ、動かなくなる。

弓を放っていた盗賊も無駄だと思ったのか、弓を捨てて突撃してくる。

血気盛んな第一陣は跳ね返した。

こちらはまだ一人も手傷は負っていない。

盗賊たちは雄叫びを上げるが、もう少しで士気は落ちる。

しょせんは盗賊だ。士気がくじければ、逃げ出すのは早いだろう。

「ディーンの武具だ、殺した奴が半分持ってけ！　もたついたら、俺が持ってくぜぇ!!」

芝居がかった調子で、前方の騎乗した一団も向かってくる。

絶妙のタイミングだった。盗賊の顔に、報酬への欲望がぎらつく。
一人分の装備でも、売れば庶民なら十年は生きていけるだろう。
「……矢が来ないなら、前に出ます」
シーラの涼やかな声がした。
正直、混戦に入ってほしいわけではなかった。
護衛たちは連携がとれている。動かれて連携が乱れるほうがまずい。
しかしシーラに声をかける前に、彼女は飛びかかった。
魔力が漲《みなぎ》るのがわかる、並大抵の魔力の強さではない。
恐ろしい脚力だった。シーラは人を飛び越えて、盗賊の前に躍り出る。
小さく細い身体が一閃《いっせん》すると同時に、盗賊の首が吹き飛んだ。
血しぶきが地面に舞い散った。
首を失《な》くした胴体が仰向きに倒れる。
身体強化の魔術だ――身震いするほどの魔力が波打っている。
シーラは立ち止まることなく、さらに素手で盗賊に向かって走る。
魔術で身体能力を強化しているにしても、驚異的な動きだった。
「ひいいい!!」
シーラに近寄られた盗賊は、怯《おび》えながらも剣を振り下ろす。
その剣を、シーラは何気なく左手で受け止めた。

どうやら衝撃も切れ味も無視できるようだ。
シーラはそのまま服を引っ張り、前に引き倒した。
横に滑るようにシーラは動き、盗賊の背中に拳《こぶし》を叩きつける。
肉と着ているものの潰れた音が響いた。背骨ごと叩き折られたのかもしれない。
男は即死したのか、ぴくりともしなかった。
シーラはなおも動き続けて、盗賊たちを倒していく。
腕を引き抜き、あるいは蹴りで足を砕くのだ。肉や骨が引きちぎれる音が響く。
腹に連打をくらった盗賊はそのまま崩れ落ち、動かなくなる。
すさまじい戦いぶりだ。辺り一面に盗賊の絶叫が上がる。
血と肉片が、容赦なく道にぶちまけられていく。
その様子を見て、盗賊たちは一気に青ざめていった。
ここだ、この機を逃してはいけない。
「逃げるものは追うな、来るやつは全員討《う》て！」
「おおおおっ!!」
護衛たちも僕の意図を読み取り、力の限り叫んだ。
大気が震え、盗賊の顔に猛烈な恐怖が走る。
十人の護衛は防具も一流だ。
木の槍や鈍った剣で攻撃されても、簡単に傷を負うことはない。

シーラの野性的な戦い方は意図したものだろう。圧倒的な暴力で力の差を見せつけていた。

盗賊団が一斉にかかればわからないが、個々に来たのが間違いだ。

死ぬとわかっていて前に踏み出すのは勇気がいる。

しかもこの盗賊団は脅し取るやり方に慣れすぎて、戦いを知らない。

勝てない相手を前に士気を保てるはずもない。

「冗談じゃねえ！　死にたくねえよ……!!」

「ディーンの兵に勝てるわけなかったんだぁ！」

一人が逃げ始めると、続々と流れができる。

周りが逃げてなお立ち向かえるものは、さらに少ない。

森へと駆けだす徒歩の盗賊は、もう放っておいていい。あとは羽根飾りの男が率いる一隊だ。

「くそ……！　話が違う……退《ひ》けぇ!!」

自分たちでは勝てないと踏んだか、さっさと馬首を返す。

このあたりの見切りは的確だった。

しかし僕も盗賊が置いた杭を避ける一瞬を、逃さない。

今までで最大の矢をつがえ、息を整える。

狙うのは、馬だ。

限界まで引き絞り、矢を解き放つ。自身は守れても、馬を守るには技量がいる。

まして、騎乗しながら杭を避けている途中には無理だ。

馬の背に矢はうまく当たり、暴れ始める。

「うおおおっ⁉」

羽根飾りの男の左腕は、負傷しているのだ。

馬を御《ぎょ》せず、あっさりと男は振り落とされた。

助けようとする周りにも矢を放つ。

当てるのではなく、威嚇《いかく》でかすめるように撃つのだ。

騎乗した護衛とシーラが、敵へと駆け出していく。

馬の質の違いも歴然、瞬く間に距離を詰める。

「ちくしょう！　やってやらあ‼」

羽根飾りの男は、逃げきれないと覚悟した。

一団にも呼びかけ、迎え撃つつもりだ。

後は、眺めていても決着はつく。

しかし、羽根飾りの男に聞きたいことがあった。

話が違う、確かにそう口走っていた。

杭を用意したりと準備はいいようだが、その割には装備も練度も全く大したことがない。

それに、僕を殺すなという言葉も気になる。

ディーン王国を甘く見ていた、と言えばそうなのだろうけど。

背後になにか事情がないか、問う価値がある。

僕も弓を持ち、羽根飾りの男へと走りだしたのだった。
騎乗して迫る護衛たちは五人だが、シーラもいる。
先ほどの戦いぶりはやはり、盗賊たちに拭いきれない恐怖を植えつけていた。
「に、逃げろーーっ！」
三分の一くらいの盗賊が、羽根飾りの男を見捨てて逃げだす。
残りは、武器を構えて逆に突進してくる。
半ば、やけっぱちなのだろう。
精鋭の護衛たちでも、向かってくる馬の勢いは無視できない。
なにより自分の馬を、盗賊ごときに傷つけさせはしない。
横にそらしてすれ違いざまに斬りつける者や、魔術で盗賊を討つ者と様々だ。
突撃してくる騎馬に、シーラはまた飛びかかる。
シーラが右腕を振り抜きながらすり抜けると、盗賊のわき腹がなくなっていた。
力任せにえぐり取ったのだ。シーラは片手を振って、肉片を捨てた。
別の盗賊に馬上槍で襲われても、シーラは信じられない戦い方をする。
槍の先端を摑むと、そのまま馬上から盗賊をむしり取ったのだ。
「う、うああぁぁ!!」
宙でじたばたする盗賊ごと槍で薙《な》ぎ払う。
他の盗賊にぶち当たると当然、二人とも吹き飛んでいった。

ぐしゃりとひとまとまりになると、彼らから動く気配もなくなる。
瞬く間に盗賊たちは馬から叩き落とされるか、斬られていく。
馬上での戦いは練度がものを言う。
不慣れな盗賊たちは、馬を使いこなせていなかった。
シーラは例外としても、騎馬同士の戦いでも相手にならない。
「……ここまでみてえだな、お坊ちゃんよ」
騎馬戦は、僕と羽根飾りの男の間で起こっていた。
戦いの趨勢は明らかだ。
馬を乗り捨てて、脇目もふらず森に逃げだす者もいる。
あとは数人の盗賊と羽根飾りの男だけになっていた。
「覚悟はいいか、盗賊……！」
僕が呼ばわると、羽根飾りの男はにやりと不敵に笑った。
男は剣を抜き放つと、両手で顔を隠すように持った。
決闘を始めるときの構え方だ。
明らかに僕と一対一で戦おうという合図だった。
こちらには弓がある。
そもそも、僕が貴族でもない相手からの決闘を受ける義務はない。
しかし仲間が逃げ、死にゆく状況でも男は堂々としている。

僕に勝っても、護衛たちが彼を殺すだろう。わかった上での行動だった。
僕たちを呼び止めた演説も配下の動かし方も、平民離れをしていた。
貴族か騎士くずれの盗賊かもしれない。
武功の家に育った僕としては、一角《ひとかど》の人物からの挑戦は受けなければならない。
ディーン王国でも、盗賊の首領との決闘は何度もやってきた。
もちろん、決闘の全てに僕は勝利していた。
それが名誉であり誇りなのだ。
今さら盗賊の挑戦に背を向けるなど、僕自身が許さない。
「いいだろう、挑戦を受けよう！　みんな……手出しするな！」
「ありがてぇぇ！」
護衛たちも同じディーン人だ。
僕の気持ちを汲みとり道を開け、脇にどく。
男が吠《ほ》えながら僕に走り寄る。
僕も剣を抜いて、片手で構える。
右足を前に出し腰を落として万全に備えるのだ。
同時に弓に意識を集中する。
弓となった血よ、鋭くなれ。
蔦《つた》のように剣に絡め。

赤い弓が流動し、形が崩れる。
弓をかたちづくっていた血は、そのまま柄から剣へと上っていった。
剣にまとわりつくように、渦を描いて血が走る。
これなら、折れたり刃こぼれをしたりする心配も激減するだろう。
まだ距離がある――そう思ったときだ。
羽根飾りの男が急加速した。
ぐわっと土煙を上げて接近してくる。
「……ッ!!」
これまでに魔術を使う気配はなかった。
魔術を使えば体外に魔力が放射されて気が付くだろう。
つまり、これはスキルの類いだ。
「うりやぁぁ!!　くらえい!!」
羽根飾りの男が横薙ぎに剣を振り抜く。
足の速さは面食らったが、剣技までが常軌を逸した速さではない。
それでも鋭い一撃だ。やはり、他の盗賊とは一味違う。
僕は衝撃を受けながらも、剣で弾く。
技量では僕が上だと思うが、体格では男が有利だ。
相変わらず、魔力の放射は感じられない。

いわゆる高速移動系統のスキルは、珍しいものではない。
ディーン王国でも何度も見てきた。
僕は冷静に考えを巡らせる。
もし馬より速いなら走って逃げればいい。つまり、それほど有用ではない。
よくあるのは短時間しか使えないとかだ。
羽根飾りの男はさらに連撃に入る。
血走った瞳が、僕の顔に近づいては離れる。
隙ができても、こちらが反撃に転じる寸前に素早く男は距離を取る。
一撃離脱、あるいは背に回り込んでは死角を取ろうとしてくる。
合理的だが、かろうじて僕はその全てを防いでいた。
段々と目が慣れてくる。確かに足取りはかなりのものだ。
僕の剣技では——反撃の機会がない。
「つっ……！」
ついに、僕の肩口を浅く男の刃が裂く。
肉がほんのわずかに削られ、痛みが走った。
短時間とはいえ、防ぎきれない。僕はゆっくりと追い込まれる。
いや、こんな所で死ぬわけにはいかない！
捉《とら》え切れないのは、速さのせいだ。それを単純に封じればいいはずだ。

弾き返しながら、僕は血に命じる。
刃の血よ、刺《とげ》になれ。
しなやかに、茨《いばら》のようになれ！
普通の武具では見切られてしまう。
見たこともないような形状、動きにするしかない。
剣と剣がぶつかり火花を散らすなか、刃にまとわせた血がしなって飛び出す。
それはまるで尖った鞭《むち》だった。
跳ねる真紅の鞭が、素早く男の右腕に突き立つ。
たったこれだけだが、正面からの斬り合いでは有用だ。
切れ味は微妙かもしれないが、防御するのは難しい。
鞭が筋肉を一撃し、男が顔を歪ませる。
男の力が緩んだ瞬間、僕は剣に力をこめた。
下から、上へと一気に振り上げる。
狙い通りに男の剣は弾かれ、そのまま宙を舞う。
男が目を奪われた瞬間、血の鞭が今度は両足に突き刺さる。
くぐもった声を上げた男は、それまでの素早さを失った。
よろめきながら、ふらつく。さらに地面に落ちた剣を見て、男は膝をついた。
両腕と両足から血が流れ、手は所在なく開いている。

戦いは、終わったのだ。

僕も荒く肩で息をした。

剣を合わせて、僕は確信を深める。

ただの盗賊ではない剣筋だった。

「ストラウド剣術か……亜流じゃねえのは、久しぶりに見たぜ」

「……お前はやっぱり貴族、騎士の出身か」

ストラウド剣術は、広く大陸に普及している流派だ。

防御に重点を置き、相手の胴体でなく腕や足を狙う貴族用の剣術だ。

亜流が多く、大陸でも正統派の使い手は少ない。

僕の家は正統派を継承している、数少ない貴族だった。

この短時間で見抜くのは、教養がないとありえない。

「もうだいぶ前の話だ。どこの出身だか聞いても、わからないだろうぜ」

「僕は、大半の国なら知っているぞ」

「お前がもの心つく前に、俺の故郷は消されちまったよ。フィラー帝国にな」

「……!!」

まさか今ここで、その名前を聞くとは思わなかった。

フィラー帝国とディーン王国の大戦で、僕の父と家臣は死んだのだ。

「流れついて盗賊をやって……奪いもしたし殺しもしたが、今日で終わりか」

僕は剣を男に突きつけた。

ざわめく心が、僕を逸《はや》らせた。

「答えろ、お前の背後に誰かいるのか？」

答えはさして期待していなかったが、男は自嘲気味に語り始める。

その目は、生を諦めつつあった。

「ああ、ついさっき親切なヴァンパイアに教えてもらったんだ。カモが来るってな」

「ヴァンパイア……？」

僕は眉をひそめた。

「あんたらとは、知らなかったがな。奴の身なりは、かなり良かった。てっきりいつもの貴族同士の嫌がらせに、俺たちを使ってるんだと思ったが」

男の意味するところを知って、僕は戦慄する。

つまりこの盗賊団はある程度、黙認されていたということか。

プライドの高いヴァンパイア同士だ。

傷つけられたときの仕返しに、こいつらを使っていたのか。

「中の貴族は、なるべく傷つけるなとも言われたぜ。結果はご覧の有様《ありさま》だがなぁ……」

本当なら、黒幕は僕の動きを把握していたことになる。

でも僕がこの森に来たのは、アルマに連れてこられたからだ。

予定があったわけではない。

嫌な汗が、僕のこめかみを伝う。

僕のたじろぐ様子を見て、男は僕を面白そうに見る。

「男爵様よ……どうやら心当たりがあるようだな？」

「お前がでまかせを言っているだけだ」

男は生かしたまま、アラムデッド王国へと引き渡す。

事情がどうあれ、ディーン王国の貴族を脅《おど》したのだ。

しかも初犯ではない。余罪の追及と厳罰は免れない。

「いや、全部本当だぜ……信じられないか？」

「そう簡単に、盗賊の言うことは信じない」

「あんただってわかってんだろ？　ヴァンパイアがどんだけ残酷で身勝手なのか……」

男の目が不気味に光った。

両手にも力をこめているように見える。

「……ま、もうどちらでもいいさ。ヴァンパイアの玩具も、これまでだ！」

男は腰から、指ほどの隠し短剣を取り出した。

止める間もなく、男は一気に自分の首に突き刺した。

ごふっ、と男の口と首から血が流れだす。

駆け寄るものの、男の体は揺れて倒れ伏した。

血がとめどもなく流れ、服と地面を汚す。

襟をつかんで持ち上げるが、駄目だ。
短剣が首を貫いている。
血を止めたところで、とても助からない。
それと、僕は首筋に牙の痕を見つけてしまった。男は誰かに吸血されていたのだ。
哀れな男かもしれなかった。
最後はあっけなく自害したのだ。
罪を考えれば、死罪もやむなしだったろう。
しかし過去の貴族の名前やらを出せば、生きる可能性はあった。
わずかな生きる望みを、こうも簡単に手放すのか。
僕は呆然となった。
遠巻きだったシーラが、ゆっくりと近づく。
沈むような暗い調子でシーラは呟いた。
「アラムデッドに罪人として捕まるなら……いっそ死ぬほうがいいのです」
僕はアラムデッドの司法を、よく知らない。
でも最近のヴァンパイアとの付き合いを考えると、否定はできなかった。
男が死に、盗賊団は散り散りになった。
本当は生き残りを捕縛すべきだが、逃げた盗賊が仲間を連れて戻ってくる恐れもある。

十人程度手数で死体含めて、数十人をどうこうするのは不可能だ。
「生き残った盗賊には……とどめを」
護衛たちが頷き、手早く剣や槍を振り下ろしていく。
他国で乱暴かもしれないが、生かしておく理由もない。
羽根飾りの男の言ったヴァンパイアについて、知っていることがあるとも思えない。
頭領である羽根飾りの男は死んだのだ、この盗賊団も終わりだろう。
あわせて杭や死体をどかしてもらう。
血塗りの肉と臓物が溢れた現場は、さすがにまずい。
シーラには、近くの地面に簡単な走り書きを命じた。
何があったのか、残しておくのだ。
王都軍が来るまでに通りがかる者への配慮だった。
羽根飾りの男の死体だけは、少しだけ整えて馬にくくりつける。
証拠として、彼だけはアラムデッド王国に引き渡さなければならない。
慣習とはいえ、これだけは気持ちのいいものではない。
死体を見せしめにする必要があるとはいえだ。
僕たちは一応の始末が終わると、王都へと急いで戻る。
馬車には僕とシーラだけだ。
たった数時間の往復だったが、あまりに多くのことが起こった。

戻ってやることがいろいろある。

盗賊団の報告、シーラの検査、もちろんイライザへも連絡しないといけない。

僕はぐったりと、馬車の長椅子に座りこんだ。

久しぶりに命のやり取りをした。剣を振るったのだ。

肉体と精神の疲労が僕の全身を襲っている。

左手の甲と肩の傷も、シーラが治療魔術で治してくれた。

治療魔術の使い手は、極めて希少な存在だ。

実際、しっかりとした治療魔術師はどの国でも厚待遇だ。

魔術師としての技量も申し分ない。

僕と同じくらいの年だけど、能力的には遥かに上だ。

「……ジル様、ちょっといいですか？」

「うん？」

「お疲れのようですので……」

シーラはそう言うと、僕のすぐ隣に腰を下ろした。

近い、ふとももが触れそうなほどだ。

馬車が揺れるたび、くっつきそうになる。

「むぎゅ……」

思いきりシーラが抱き着いてきた。

しかもシーラは腕を、僕の胴に巻きつけてくる。

顔は、僕の胸に埋《うず》めていた。

かなりの密着状態だった。

「動かないでくださいです……疲労回復の魔術をかけています」

くもぐった声でシーラが告げる。

涼やかな魔力が、僕の身体に流れこんでくる。

なんだろう、肩を揉《も》まれている気分だ。

それと、ベッドに横になっているかのような感覚だった。

というより、今日はよく抱きつかれる日だ。

イライザのはスキルを調べるものだったし、今も魔術のためだけれど。

それよりも、さすがに汗をかいていた。

エルフは感覚が鋭いという。

年ごろの僕としては、ちょっとだけ心配になる。

「治療魔術師としては半人前ですが……頑張ります」

「そうなの？」

そのあたりは、よくわかっていなかった。

かつての家臣にも、治療魔術師はいなかったのだ。

「簡単なものだけです、ジル様。重傷は治せませんし……」

揺れる馬車の中、シーラの魔術を受けていると眠気がやってくる。

でも、寝てしまう前に言っておかなければならないことがある。

「シーラ、本当にいいの？」

僕はディーン王国の貴族だけれど、今はエリスの婚約者。

昨夜、一方的に破棄を言い渡された身だけれど。

今の立場は、非常に微妙なものだ。

馬車の味気ない天井を見上げながら、僕は言った。

「王宮に行く前なら……君を降ろすこともできる。ディーンの人間に会わせたら、体面上、簡単には解放できなくなるよ」

「わかっています……」

「……それと……人を殺すのは、初めてじゃなかったね」

僕はなるべく感情をこめないよう、そっけなく呟いた。

あの戦い方は、相当過酷なことをしないと身につかない。

シーラが身じろぎする。かすかに震えているようだった。

「はい……訓練でたくさん殺しました」

声には、聞く限り変化はない。

僕も盗賊は何人も斬ってきた。兵も満足に雇えなくなったからだ。

自分で始末し続けるしかなかった。

当主を継いでから斬るだけでなく、死刑台に悪党を送ってもいる。
これは正義だし、私利私欲で殺したことは一度もない。
でも、心の中に泥がたまるのは事実だった。
家族のための金《かね》という、望むものは一緒なのに。
シーラが生きてきた道は、僕とあまりにも違う。
僕はシーラの頭にそっと手をのせた。
ぴくりとシーラの長い耳が反応する。
妹も、口数は多くなくて静かな話し方を好んでいた。
だけれど僕が撫でると、嬉しそうにしたものだ。
「ジル様の匂い、私……好きです」
シーラが、ぐりぐりと顔を僕に押しつけてくる。
尖った耳も激しく上下していた。恥ずかしいような嬉しいような。
シーラに甘すぎるのか。
それとも、妹を連想して感傷的すぎるのか。
あるいは、エリスに捨てられたからか。
今後の身の上は、まだ見通せない。
それと、もう一つ気になることがある。
羽根飾りの男が言うことは、どこまでが真実なのだろう。

彼の首筋には、血を吸われた痕があった。
どうであれ、ヴァンパイアと無縁ではないのだ。
でもアルマの差し金ではない。シーラの髪を、ゆっくりと撫でる。
もし僕に危害を加えるなら、奴隷の館でとっくにやっている。
それに、盗賊に金品を渡したらそのまま通されたはずだった。
危機が迫っているのかもわからなかった。
馬車がまた、石畳の王都へと戻ってくる。
とにかく一度、イライザに会う必要がある。
まさか、エルフを連れて戻るとは思っていないだろうけど。
アルマの名前を出せば、ある程度は納得してくれるだろう。
本当にとんだお出かけだった。
太陽はいよいよ傾きつつある。夕方が忍び寄っている。
ヴァンパイアの時間が、迫っていた。

◆ ◆ ◆ ◆

午後の太陽が輝く時間、イライザは自室で書き物をしていた。
先ほど確認したジルの《血液操作》についての報告書だ。

ディーン王国では、スキルは余すところなく報告する必要がある。

とはいえ、書類づくりは時間がかかるものではない。

問題は、イライザの精神状態のほうであった。

気を抜くと涙が頬を伝ってきそうだ。

ジルと別れて、イライザは自己嫌悪に苛《さいな》まれていた。

試すような——ジルを困らせることをしてしまったのだ。

イライザの頭の中には、ジルとエリスのことが思い浮かんでいた。

ジルはやはりまだエリスを諦めていない。

でも婚約破棄の以前から、ジルとエリスは合わないだろうと薄々は感じていた。

あるとき、ジルがイライザに嬉しそうに言ったのだ。

「エリスは強いね、剣だと全然勝てないよ。いつか見直してもらうぐらい、僕も強くならなくちゃ」

イライザは胸が痛んだ。

エリス王女は、かしずく男には好意を寄せない女だ。

むしろ強い王女を引っ張るくらいの上昇志向がないと、駄目なのだ。

対してクロム伯爵は、ブラム王国でも名門であり辺境伯でもある。

財力もあり、一族あわせれば政治をも動かしうる大貴族なのだ。

婚約破棄の場面を聞くと、相当の自惚《うぬぼ》れがあり、野心家なのだろう。

エリス王女が興味を抱きそうな貴族だった。
才知、気まぐれ、そして恐ろしいまでの武と魔術を持ったのがエリス王女だ。
皇太子の兄が健在でなければ、もしかしたら王位を継承していたかもしれない。
その一方、アルマ宰相をはじめとする一派には警戒されていた。
男爵であるジルとの婚約にも、アルマ派の強い後押しがあったらしい。
さっさと婿《むこ》をつけて黙らせよう、表舞台から遠ざけようという意図があったのだ。
イライザはため息をついた。
アルマ宰相がジルを連れ出したのは、引き留めのためだ。
イライザも泣いてばかりではない。
すでにディーン王国への伝書鳩や、早馬の手配は済ませている。
それでもディーン王国からここまで往復一週間、対応の協議に数日はかかるだろう。
正式な指示が来るまで、最低でも半月はかかるはずだった。
イライザとしては一度、ディーン王国へと戻りたかった。
ジルの《血液増大》《血液操作》はヴァンパイアにとっては、喉《のど》から手が出るほど美味しいスキルだ。
下手をすれば誘惑どころか、誘拐されかねない。
実際に婚約が棚上げになれば、他のヴァンパイアが近づくだろう。
あるいは、アルマ宰相がジルを囲むとか？

ディーン王国の首脳も、ヴァンパイアの気性はよく知っている。
猫の前に肉を放り投げるようなものだ。
十中八九、帰還命令が出るはずだった。
とはいえ、ジルは即座に受け入れないかもしれないが。
ぐぐっと、イライザの持つペンに力が入る。

「失礼しまーす！」
ノックもそこそこに、アエリアが入室してくる。
頼んであった、昼食後の紅茶を持ってきたのだ。
銀のトレイの上に青い花を彩ったティーセットをのせている。
今は一人でいたくなかった。
思い出すだけで死にたくなるような、ジルとのやりとりだったのだ。
しかし、ベッドで寝込んでいるわけにもいかない。
あれは忘れようと、ジルにも言ったのだ。
ジルが戻れば、アルマ宰相とのやりとりを報告しに来るだろう。
それまでに、心を立て直さなければいけなかった。
ある程度気心の知れたアエリアとのティータイムは、気分転換にちょうどいい。
イライザが書類を片付けると、アエリアが机の上にティーセットを広げる。
意味深な瞳でアエリアがイライザを見た。

「今、王都でちょっとした騒ぎが起きてますよ」

アエリアはこう見えても、無駄なことは言わない。

ディーンに関係することだろう。

「なんか……ジル様が盗賊を返り討ちにしたみたいですっ」

「はいっ⁉」

イライザが机を揺らして立ち上がる。

両手を振りながら慌ててアエリアが制止した。

「あ、いや！　無事みたいですけどね！」

「ジル様が襲われたんですか？」

どこかのヴァンパイア貴族が早くも手を出してきたか。

駆け出そうとするイライザの手を、アエリアが握った。

体温が低い種族のヴァンパイアだが、アエリアの体温はイライザと変わりない。

「行くのはいいですけど、ちょっと心の準備が必要かと！」

なぜか、アエリアのほうがすーはーと聞こえるように息をした。

あえてイライザに見せつけるような仕草だ。

イライザもしょうがなく、ひと呼吸置く。

「エルフのすっごい綺麗な子を連れているみたいなんですよね、ジル様……」

申し訳なさそうに、アエリアが呟く。

イライザはアエリアの意図するところを、いろいろと察してしまった。

どこからエルフの女の子を、などと聞くまでもない。

アルマ宰相に押しつけられたのだ。すでに包囲網ができつつある。

イライザはふらりと気が遠くなるのを、自覚した。


ジルが滞在する館の浴場で、シーラとイライザが向き合っている。

二人とも、全裸である。

メイドも側《そば》に控えているが、イライザは椅子に座ったシーラの身体を水洗いしていた。

ジルと合流し経緯を聞いたイライザは、契約魔術の書類を確認するや即座にシーラを連れ出したのだ。

いわゆる身体検査だ。

イライザは全裸になったシーラをまじまじと、余すところなく確認した。

ほっそりとした白い肌、ほどよく成長を感じさせる胸、透明感のある金髪、驚くほどの美少女だった。

軽く見て触れる限りでは、契約魔術以外は感じられない。

肌も、焼き印や刺青どころか、傷一つない。

まさに非の打ち所のない外見の女の子だ。

早くもジルは、このエルフの少女に同情心を抱きつつある。

彼のよいところでもあり、悪いところでもあった。

「それは……？」

「石鹼よ、ちょっと魔術がかかってますけれど」

メイドから渡された乳白色の石鹼を手に取り、イライザは水と自分の魔力を混ぜ合わせていく。

これを使えば、表面的でなくもっと深くまで調べることができるのだ。

ゆっくりと、イライザがシーラの指先から腕へと泡を立てていく。

もちろん、鑑定魔術を浸透させるのも忘れない。

たとえどんな罠が仕掛けられていたとしても、これでわかるはずだ。

それとは別に、水を弾くようなみずみずしくてきめ細かな肌だ。

同じ女性とはいえ、羨《うらや》ましいほどだった。

「……くすぐったいです」

脇腹からお腹で泡立てると、シーラが身をよじる。

声も反応も可愛らしく、不自然な感じは受けなかった。

そのまま、イライザはへそから胸へと手を動かしていく。

「……あっ……」

色っぽい声をシーラが出した。

イライザも赤面しそうになる。

胸はまだ大きくはないけれど、全体のバランスは目をみはるものだ。

貴族の妾《めかけ》の娘であるイライザは、奴隷を持ったことがない。
ここまで美形、しかも高位のエルフの奴隷はディーン王宮にも数人しかいないだろう。
むにゅむにゅと胸まで調べ終わり、今度は足の先に移る。
「……っ」
やはりくすぐったいのか、逃げようとする足をしっかりとイライザは捕まえる。
足の指先も爪もきれいに整っている。
どこまでも整えられている、隙《すき》が無いとイライザは思った。
宮廷魔術師として、イライザも身なりはおろそかにしていない。
それでも仕事柄、深夜まで書き物や会議をしていたのだ。
軽い肌荒れや目のくまが全くないといえば、嘘になる。
ついイライザも小声になってしまう。
「足を、開いて……」
「……はいです」
ふとももは、ほっそりとしている。
顔を見上げると、眉を寄せて頬が赤くなっている
同じ女性として、恥ずかしがらせるつもりはない。
脚の付け根も調べて、背に回る。
シーラの魔力の強さも、段々と把握しつつある。

素晴らしい能力、と認めなければならない。

流れる魔力がよどみなく、無駄なく全身に伝わっている。

宮廷魔術師に匹敵するほど、魔力を使いこなしている。

元々魔術が得意なエルフにしても、年齢を考えれば抜きん出た才能なのは間違いない。

浴場に来るまでのやりとりで、シーラには計算能力もあるとわかっていた。

簡単な計算問題だけれど、暗算でさっと回答してくれた。

真面目に働き口を探せば、公爵に仕えたり宮廷魔術師になってもおかしくない逸材だった。

イライザは後ろからシーラの背中を眺め、髪に手をやる。

ジルは女性の髪が好きだ。

妹との話を聞くと、よく撫でていたらしい。

多分そのせいだろう。

気合をいれて整えたり、普段と違う髪型のときは必ずジルは褒めてくれるのだ。

そのときは飛び上がりたいくらいに、嬉しい。

あともう少しで検査も終わる。

艶とした髪の毛も一緒に、泡立てる。

「……イライザ様は、ジル様がお好きなのですか？」

イライザの手が、ぴたりととまる。

思ってもみなかった、シーラからの問いかけだった。

「……わかりますか？」

本当は否定したかった。

でも、口にすれば立場の間に消えてしまいそうだった。

それはたまらなく嫌だった。

やむなく認めるしかない。

「最初にジル様と一緒にいるとき……一瞬、怖い目をなさってましたです。勘ですけれども……」

「そんなに、でしたか……」

シーラがこくこくと頷く。

わしゃわしゃと、髪から顔まで揉みつづける。

イライザは薄くため息をつく。これは自分のせいだった。

シーラにおかしいところは何もない。

桶《おけ》からぬるま湯をゆっくりとかけていく。

シーラの推測は、わかりやすいものだった。

ちゃんと言葉にしたのは、私との関係を明確にするためだろう。

ある意味、ありがたくもあり……情けないところもあった。

「……とらないで、くださいね」

牽制じみた嫌な言い方だった。自己嫌悪がぶり返してきそうになる。

気持ちを読み取り、世渡りもうまそうだ。

どちらも、貴族に仕えるなら必須の能力である。

言葉は静かだけれども、シーラは有能だ。

イライザはアルマ宰相の影と力を、確かに感じ取ったのだった。

◆　◆　◆　◆

その部屋は王族の部屋であった。材質や暖炉の造形は、驚くほどの手間がかかっていた。

半面、高価そうな調度品は見当たらない。

部屋に多いのは刀剣類と本であった。騎士もかくやあらん、宮廷魔術師もかくやあらんという量だ。

天蓋《てんがい》付きのベッドには、エリスが力なく横たわっている。

両腕には、魔力封じの帯が巻かれていた。

帯によってエリスは、魔術も使えない状態で事実上軟禁されていた。

広々とした部屋には不安げなメイドたちと、アルマがいる。

奴隷の館から戻るや、エリスが目を覚ましたとの報告を受けたのだ。

豪華なベッドの横から、アルマが見下ろすようにして声をかける。

それは気遣いなどない、事務的な口調であった。

「お目覚めでしょうか、エリス王女」

「……気分は最悪よ、アルマ」

ベッド上の上のエリスが、顔だけを横向けた。

声がわずかに震え、青白い顔がいっそう青くなっている。

婚約破棄の場から連れ出され、エリスは自室へと閉じこめられたのだ。

事情を聞こうとするアルマとミザリーの前で暴れたため、眠らされていた。

クロム伯爵に会わせろ、の一点張りだったのだ。

まるで話にならなかった。

「あなたとミザリーの前で、暴れるんじゃなかったわ。ねぇ……クロム伯爵はどこにいるの?」

すでにクロム伯爵は血量の儀式にかけられて、死んでいた。

隠していてもすぐにわかることだが、今伝えるべきかアルマは迷った。

アルマにはこれまで、エリスが一人の人間に執着したような記憶はなかった。

魔術を封じているので危険はないが、また暴れるかもしれない。

そうなれば眠らせるしかない。時間を無駄にする。

ジルとの婚約をどうするのかも見極める必要があった。

本当に破談にするつもりなのか、婚約破棄を撤回してジルの元に行くつもりはあるのか。

「なにか面白いことがあったのかしら、アルマ……」

ぽつりと、エリスが唐突に言う。

射抜くような視線が、エリスからアルマへと向けられた。

ヴァンパイア特有の気質が、両者にはあった。

エリスにとって、アルマは生まれたときからの付き合いだった。

アルマがエリスを知るように、またエリスもアルマを理解していた。

「……もう、クロム伯爵を殺したのね」

「殺してなどおりませんわ。儀式に挑まれて死んだのです」

「あなたはいつもそうね。外面はきれいだけど……内面は汚いわ」

ひっ、とメイドたちが小さな悲鳴を上げる。

アルマにこんな口を利くのは、カシウ王や皇太子でもありえない。

「死んでいてもいいわ、クロム伯爵に会わせて。……別れを言わせてよ」

「…………」

本当に、エリスはクロム伯爵を愛していたのか？

アルマは不思議に思った。

身内の数少ない王族のなかでさえ、エリスは浮いているくらいなのだ。

「ブラム王国軍が動いているんでしょう。まごまごしていたら、一方的に襲われるだけよ」

「クロム伯爵から……なにか話がありまして？」

「まさか、彼もそこまで馬鹿じゃないわ……。私が貴族のお友達から聞いた情報で、推測しただけ」

エリスは、ふぅと息を吐いた。

意志の強さのなかでも瞳が揺れている。

「クロム伯爵と一族の息がかかっていて、ヴァンパイアとの戦闘向きで、今動けるブラム王国軍は少ないわ。まず……リヴァイアサン騎士団ね」

アルマも、その名前はよく知っていた。

数十年前はよくブラム王国の先陣として、アラムデッド王国と戦った騎士団だ。

数百人全員が手練《てだ》れの上、戦闘に有用なスキル持ちしか入団が認められない。

ブラム王国でも、指折りの精鋭のはずだった。

近年では、フィラー帝国との激戦に投入されていたと聞く。

エリスは面白そうに、言葉を続けた。

「リヴァイアサン騎士団の団長は去年から、クロム伯爵の妹君よ」

「それは………」

「クロム伯爵の周囲をよく調べずに殺したのはまずかったわね……。安否がわからないだけで、ブラム王国は動きかねないわ。リヴァイアサン騎士団が全力で来れば、王都強襲もありえるわよ」

アルマは、不愉快そうに眉を上げた。

エリスはそれがわかっていながら、あんな茶番をしでかしたのだ。

もしかしたら、そのままクロム伯爵と駆け落ちするつもりだったのかもしれない。

とんでもない女だ、王女でなければ、とっくの昔に王都から追い出していた。

だが、機先を制してクロム伯爵を殺してよかった。

もともと軍が動くつもりなら、クロム伯爵を生かしておく理由はない。

国内の団結のためにも、断固たる姿勢を見せなければならない。

問題は、どこまでブラム王国がやるつもりかだった。

ディーン王国との同盟が、呼び水になったとしか思えない。

王都強襲も決してない話ではなかった。要人暗殺も考えられる。

あるいは、アルマを含む婚約推進派への打撃狙いか。

「……ジル男爵を、ひきとめてくださいませ」

アルマは会議にあった通り、ジルをひきとめたかった。

ディーン王国との関係悪化を避けるなら、早急な帰国を認めるべきではない。

しかしわかっていたが、ジルは意外と頑固な人間だ。

館から戻った時間、盗賊の一件を考えるとシーラにも手を出してはいないだろう。

ただのヴァンパイアの女性を行かせても、突き返されるだけだ。

エリスなら、ジルも聞く耳を持つに違いない。

アラムデッドの貴族にもブラム王国の手が及んでいるのなら、ジルのスキルは役に立つ。

ジルの血を振る舞えば求心力を高め、歓心を買うことができるだろう。

それほどの快楽、旨味だったのだ。

しかも、《血液増大》で量も確保できる可能性がある。

ずっと手元に置きたいぐらいだ。

エリスの顔に、驚きはなかった。

予期していたようにまぶたを閉じる。

「ブラム王国に引き渡す前に、クロムに会わせて。死に顔でもいいわ。……お願いよ」

「なら」と、アルマは素っ気なく言った。

うまくいくかわからないが、ジルもエリスに会いたいだろう。

少なくとも、まだジルがエリスに迷いを抱いているのは確実だった。

「ジル男爵をひきとめてくださいませ。エリス王女の……全てを使って」

第三幕　口づけでさよならを

館に戻ってきた僕を待ち受けていたのは、イライザだ。
ひと通りの話をした後、微妙な雰囲気を漂わせるシーラと去っていった。
様々な検査をするらしい。同じ女性同士だし、任せて大丈夫だろう。
次に来たのは、アルマであった。
盗賊襲来の件で謝罪に来たのだ。僕の一室に再び、アルマが来訪していた。
「申し訳ありません……先に帰ってしまったばかりに」
アルマは、しおらしく頭を下げる。
一国の宰相であるアルマから、先手を打たれてしまった。
元より、大事《おおごと》にするつもりはなかったけれども。
謝罪よりも追及のほうをしなければならない。
僕は、盗賊の一件を詳細にアルマに語った。
決闘の場面は僕のスキルのことがあるから、ぼかしてはいる。
味を変えられたのは知られているが、形状変化まで話す必要はないだろう。
「……盗賊がそのようなことを……」
口に手を当て、アルマは驚いている。

僕にも、証拠としてあるのは盗賊の証言だけだ。

ヴァンパイアといっても、誰なのかはわからない。

貴族らしい、としか喋らなかった。

揺さぶりをかける材料もないのだ、直球勝負でいくしかない。

「……心当たりはありますか？」

「難しいですわ……正直なところ、見当もつきません」

「………」

アラムデッド王国はこれまで日和見的で、ディーン王国とブラム王国の両方と付き合ってきた。

それゆえに、クロム伯爵も王宮に出入りできていたのだ。

アラムデッド王国内でブラム王国派の貴族もいるのは、想像に難くない。

盗賊は最初から、僕を殺す気はなかった。

そこが少し引っかかるのだ。

「例えば……国内外で僕を狙う人物や、なにか情勢の変化はありますか？」

このような件では決定的な証拠がない限り、どうにもできない。

後は、国と国とのやり取りの中でしか解決しない。

「さぁ……特に変わった話は聞きませんが」

あっても致命的でなければ、僕に言うはずもないか。

今の状況でもし僕が亡き者にされていれば、ディーン王国は激怒するだろう。

婚約破棄の償《つぐな》いも、重いものになるはずだった。

アルマは髪を軽くかき上げて、

「背後関係は念入りに調べさせますわ……警備も倍に増やしましょう」

「……お願いします」

とにかく協力は約束してもらった。

このあたりが限界だろう。僕が調べるわけにもいかない。

後は、外交でちゃんと成果を聞き出すしかない。

僕は心の中でため息をついた。

話は終わりとばかりに、アルマが立ち上がった。

多忙なアルマである。直に謝罪に来たこと自体が、誠意なのかもしれない。

僕は、アルマの去り際にシーラのことも問い詰めたくなった。

けれども、彼女を送り返すつもりはない。

それは、シーラにとって残酷な未来にしかならないだろう。

ひと言だけでも言ってやりたかったが。

「もうシーラのようなことは勘弁してください……」

あえて疲れた声を僕は出した。

「あら……お気に召しませんでしたか？」

アルマが薄く笑いながら退室するのを、僕は見送った。

夕闇が部屋全体を覆っている。
流れる雲のせいで、すでに暗さが迫ってきていた。
ろうそくのおかげで、机の周りには暖かい光が差している。
僕は、イライザと二人で机に向かっていた。
ここはイライザの部屋だ。
もちろん二人きりではない、シーラも一緒である。
ろうそくや油は、アラムデッドでは使い放題だ。
ヴァンパイアの本領は夜からだ。明かりを惜しんだりはしない。
普段なら僕も王宮に行き、ヴァンパイアの貴族と交流を深めるところだった。
もちろん、今はそんな気分でも場合でもない。
窓から飛び降りようという気はもうない。
婚約破棄直後に比べれば、マシにはなっている。
イライザによるシーラの身体検査も、良好だった。
そばに置いても問題ない、と言ってもらえたのだ。
意外なことに、イライザはシーラを自分の部屋に置きたいと申し出た。
よほど魔術の素質があるらしく、いろいろと見てみたいらしい。
そのあたりは、ありがたい申し出だ。

二つ返事で、僕から逆にお願いした。館の晩餐までには、まだ時間がある。

《血液操作》についても、あらためてイライザは調べ物を終えていた。

机の上に並べてあるのは、イライザが用意した二枚の皿だった。

一枚目の皿には、少量の紅茶が注がれていた。

そこには、僕の血が一滴だけ混じっているのだ。

指先を冷えた紅茶の皿に入れて、僕は念じる。

動け、動け。形をつくれ。

鋭いナイフになれ。

でも、全く動く気配がない。

自室や盗賊と戦ったときとはまるで違った。

僕は小首を傾げる。どうして動かないのだろう?

疑問を浮かべる僕にイライザが本を開きながら、解説する。

「操作系は、スキル保持者の認識が結果を左右します。このように紅茶に血を入れても、まず動かせません」

「……なるほど」

つまり、見た目も匂いも血ではないからか。

紅茶の中に血を混ぜても駄目なのだ。

やはり基本は、血そのものを動かすつもりでないといけないらしい。

「しかし、血が多量に入っていれば操作できるとは限らないのです。どのくらいで操作できるかは、ジル様次第ですが……」

次にイライザは、自分の指をナイフの先でちょんと傷つけた。

空の皿にイライザが一滴を足らす。

手を差し出したイライザが応じて、僕は皿の落とされたイライザの血に指先で触れる。

生暖かいイライザの血だった。

他人の血でも操作できるかどうか、ということだろうか？

《血液操作》は、他人でも獣でも血なら干渉できるはずだ。

僕はまた集中をする。

今度は小さな剣にしてみよう。

しかし、またも血に反応はない。

剣、刃、鋭く硬く……。

あれ？　確かに触ってるはずだ。

イライザがふぅ、と息をする。あまり不思議そうではない。

イライザにとっては、予測内だったようだ。

「この血には私が魔力をこめています……。《金属操作》を持つ友人がミスリルは動かしづらいと言ったのは、嘘ではなかったようですね」

「……魔力がスキルに抵抗してるってこと？」

「どうやら、一部のスキルはそのようですね。私も確信はありませんでした」

スキル目録では、そこまで詳しい話は載っていなかった。

このことは他の操作系スキルでも、魔力を持たない対象なら気づきもしない。

治療魔術も魔力抵抗があるから効果を及ぼすのが難しいと、聞いたことがある。

自然の抵抗を超えて干渉しないといけないのだ。

《血液操作》も同じことのようだ。

他人の血には、死んでいなければその人自身の魔力がある。

死体になれば魔力は抜けるはずだが、死体の血なんて動かさないだろう。

うーん、なんという落とし穴だ。

イライザは宮廷魔術師であり、魔力は強い。

イライザの血が動かせないのはいいとしても、初対面の敵の血をどうこうするのも無理だろう。

少なくとも狙うべきじゃない。僕はちょっとだけため息をついた。

目録で外れ扱いのDランクなだけはある。

「やはり今のところは、血を武器にするのが一番かと思います」

イライザも治療魔術は使えない。

シーラが近寄り、イライザの血がにじむ指をそっと握る。

少しの切り傷だ、あっという間に治るはずだ。

今のところは、血を武器にするが一番のようだ。

矢を血でまかなえば、かなりの本数を射《う》てるだろう。

問題は、僕自身の《血液操作》の使いこなしだ。

剣や弓といった、手に馴染むものはすぐにかたちづくることができた。

しかし、本に載っているけれど実際に見たこともない獣や花の形は、どうもうまくつくれなかったのだ。

「……練習が必要だね……」

僕は確かめるように呟いた。

元々、死にたい気分から生まれただろう力だ。

振られた僕への神からの慰めだった。

多くを期待するのは罰《ばち》が当たる。

僕のスキルの詳細は、そろそろアルマには知られている頃かもしれない。

味を変えた程度だが、そもそも味を変えるスキル自体が多くない。

《血液操作》と判断されるのも、時間の問題だろう。

懸念があるとすれば、《血液増大》と《血液操作》の組み合わせに気づかれることだ。

つまりヴァンパイアにとっては――大きな価値があるのではないか。

嫌な予感が、じんわりと胸に広がる。

ヴァンパイアに寄ってたかられる僕自身の姿が、脳裏に浮かぶ。

でも、その中にエリスがいるのなら。

エリスはアエリアやアルマのように、陶酔して僕を見てくれるだろうか。
女々《めめ》しい考えなのは、百も承知だ。
スキル頼みなのは全然変わらない。
僕は顔を伏せた。
イライザに、ちらとでも悟られたくなかった。
ひと言でもいい、エリスと言葉を交わしたい。
それが別れでも構わなかった。
もし僕のスキルでなにかが変わるなら——変わってほしい。
駄目なら、諦めるきっかけが欲しかった。
僕は、そんなことを考えていた。

◆　◆　◆　◆

晩餐が終わり、僕は自室に一人でいた。
月は雲に隠れている。
ベッドに腰かけ、僕は棚の上の皿に意識を向けていた。
何枚もの皿の上に、血でつくった彫刻がいくつもできている。
小さいながらも弓、剣や馬だ。馴染みのあるものから、僕はつくっていた。

目を閉じて集中すれば早くできるだろうと、イライザからは言われていた。
魔術の初歩訓練に似ている。
僕もほんの少しだけ、身体強化の魔術は使えるのだ。
身体強化は簡単な魔術なので、無意識に使える。とはいえ、効果はわずかだけれど。
僕は目を閉じ、今度は武器ではなく盾《たて》を試みた。
刺が出たり、敵の武器を絡《から》めとったりするのは面白そうだ。
問題はイメージだ。
素早く動かさなければ、意味も半減してしまう。
僕は皿の血に触れたまま、丸い盾を思い浮かべた。
まずは基本形から一つひとつだ。
手に持ったことのあるものから、思い浮かべていくのだ。
かたり、と窓から音がした。
ちゃんと閉めたはずの窓だった。
ふと目を開けて見ると、僕はひっくり返りそうになった。
カーテンの隙間から漏れる月明かりのなか、エリスがそこにいた。
「え……っ？」
言葉につまる。
エリスの銀髪が、幻想的になびいている。

どうやってここに？
ディーンの護衛は交代制で、不在のときなどないはずだ。
それに、館にはイライザの警報結界もある。
護衛の目を盗んでも、イライザと控えの警備が飛んでくるはずだった。
考えられるのはスキルしかない。
「……またつまらないことを考えているのね、ジル」
聞き間違えようもない、エリスの声だ。
しっとりと身体にまとわりつくような、美声だった。
そのまま、エリスはベッドの側まで滑るように歩いてくる。
胸元が強調され王女然とした普段のドレスではない。
首や手首まで隠れた黒の服をまとっている。初めて見るエリスの服だった。
腰には、灰色の細い筒を差している。騒ぐべきなんだろう。
大声を出して、エリスを追い出すべきた。
頭ではわかっていても、もう一人の僕が語りかけてきた。
二人きりでエリスと会話できるのは、これが最後かもしれない。
髪をかき上げてエリスが、僕のつくった血の彫刻に手を触れる。
「これがアルマの言っていた、新しいスキル？　……血を操るのね」
血の彫刻がぼろぼろに砕けて消えた。強い魔力を流したのか。

手を離れた血は、あっけなく壊されていた。

「ねぇ、ジル……アラムデッドにいつまでいるつもり？」

思ってもみなかった、エリスの言葉だ。

どうあれエリスが来たのは、ひきとめるためだろうと直感していた。

昼のシーラの件もある。

だが、婚約破棄を撤回する雰囲気は感じないのだ。

それに、あのエリスが僕に謝るわけがなかった。

「……ディーン王国から指示が来れば、すぐに一度帰国することになると思う」

意図するところがわからず、とりあえず正直に僕は答えた。

婚約破棄は一大事なのだ。元の鞘《さや》に簡単に収まるはずもない。

僕が耐えれば――といった問題ではない。

とりあえず妥当なところでは、僕の一時帰国だろう。

距離と時間をとって、国としての善後策を練らなければならないのだ。

エリスが、優雅に僕の横へと腰かける。

視線は僕ではなく、正面を向いている。

「……なら、早くしたほうがいいわよ。ブラム王国軍が来るから。もしかたらその前に……あなたの血を欲するかもしれないけど、ね」

「なっ……！」

驚きに、言葉がつまってしまう。

アルマは、そんなことは何も言っていなかった。

軍も、クロム伯爵が用意していたというのか？

「私の聞いた情報でしかないけど、多分リヴァイアサン騎士団が来るわ。初耳だったかしら？」

その名前は、僕にとってても馴染みのあるものだった。

四代前の先祖が一騎討ちで、リヴァイアサン騎士団の団長を破っているのだ。

僕の家でも、最上の武勲の一つであった。

逆に言えば、それほどの名門であり精鋭揃いということだ。

「いや、聞いていない……」

僕は、アルマとの会話を反芻《はんすう》する。

エリスが知っていてアルマは全く知らない。そんなことは、考えがたい。

ブラム王国軍が来るならとんでもない話だ。

アルマが僕に黙っていた、隠そうとしたのだ。

要は嘘をついていた——そういうことになる。

僕の中で、アルマへの不信感がぐわりと首をもたげた。

エリスが僕に向きなおる。瞳には、冷たい怒りが浮かんでいる。

この距離、もしエリスが僕に飛びかかってくれば命はなかった。

剣でも魔術でも、僕はエリスには敵わない。

「アルマは、あなたをアラムデッドに置きたいみたいね……。私にひきとめるよう、言ってきたわ」

僕は握ったシーツに、力がこもるのを自覚した。

シーラの件、それと今まさにエリスの件。

そして、大きな失望が僕に襲いかかってきた。

エリスが訪れたのは結局、自分の意思ではなかったのだ。

「だから、私はその逆をする。アルマなんて大嫌い。彼女がつくったこの国も、つまらない掟《おきて》も私には必要ない！」

「それ、は……」

ここまで激しい物言いも初めてだ。

現状で不満なのは、僕との婚約だけだと思っていた。

アラムデッドを牛耳《ぎゅうじ》るアルマに反発する貴族が少なくないのは知っている。

建国から数百年、ずっと宰相の座にあるのだ。

恨みや憎しみが集まるのは、僕でもわかることだった。

エリスが、僕の頬にそっと右手を添える。

これまでにないほどの優しさで。

ヴァンパイアのひやりとした手のひらを、僕は感じた。

「クロム伯爵は、私に約束してくれたの。ブラム王国と一緒に国を変えようって」

ゆっくりと手を上下させて、エリスが僕の頬を撫《な》でる。

子どもに言い聞かせるような口調だ。

「レナール兄様のことは、知ってる？」

かすかに覚えがある。

今のアラムデッド皇太子とエリスの兄だ。病気療養のために廃嫡《はいちゃく》されて、王都を長いこと離れている人物だ。

五年以上、表舞台には名前が上っていない。

当然、面識はなかった。

僕は小さく、エリスに頷《うなず》いた。

「アルマと大喧嘩してしばらくしたら、王都から姿を消したわ。私に……とってもよくしてくれた兄なのに……」

エリスが唇を噛んだ。

「お父様も、アルマの言いなりよ。無理もないわ、子どものときから教えこまれてきたんだもの。アルマの意思を自分の意思と思ってしまうくらいに、ね……」

思わぬエリスの告白に、僕は言葉を挟めない。

エリスの眼の光が、よりいっそう冷酷さを増してくる。

僕はエリスの止まらない言葉を、聞き続けるしかなかった。

「クロム伯爵は、もう死んだみたいよ。……アルマはあなたをひきとめれば、最後に別れを言わせてくれると約束したわ」

殴《なぐ》られたかのような衝撃だった。

クロム伯爵はもう死んだのか。

どうやって？　いや、命じられるのは一人だけだ。

カシウ王が処断したのだ。

辺境伯であるクロム伯爵を殺せば、情勢は緊迫するだろう。

しかもエリスの言葉通りなら、ブラム王国軍が動いているはずだ。

カシウ王の怒りは大きかったのか。

それよりも信じられなかったのは、死んだクロム伯爵にエリスが会いに行こうとしていることだった。

エリスは本気で、クロム伯爵を愛していたのか。

だとしたら、僕はいったいなんだったんだ。

エリスが僕の部屋に来たのは、クロム伯爵との別れのためだった。

しかもアルマにそう言われたから、だ。

完全に馬鹿にされていた。

アルマのことだ、何をしてでもひきとめろと言ったのだろう。

奴隷の館とシーラのことを考えれば、嫌でもわかる。

エリスの黒い服は……クロム伯爵を悼《いた》むためのものだ。

心に僕がいない証しだった。

「増血薬でスキルの代用をしていたとアルマは言っていたけど、私にはどうでもいいことだったわ。彼のほうが爵位もあって、野心もあった」

部屋の空気が凍りつくようだ。

エリスの声は、不気味に柔らかい。

「ねぇ……私が嫌いになったかしら、ジル……」

エリスが、ゆっくりと顔を近づけてくる。

散々、僕が焦《こ》がれた顔だった。

優しい野原を思わせる香水が僕を包み始めた。

でも今や、僕の心は千切れかけている。

結局、愛されてなどいなかった。

スキルという運のよさで、手に入れた婚約者の立場だ。

もとより、没落貴族の僕にはできすぎた話だった。

それなら、もっと早く断ってほしかった。

晩餐会での婚約破棄なんかせず、拒絶してくれればよかったのに。

いい恥さらしなだけだ。

「……嫌いになりそうだよ、エリス」

僕自身、口から出た呟きに驚いた。

エリスの美しさと強さが、眩《まぶ》しかった。

僕には持てない奔放さも、羨《うらや》ましかった。

エリスのためなら、仕えるような結婚生活でも我慢できただろう。

今ならはっきりわかる。

全て神が一瞬だけ見せてくれた、夢と幻だったのだ。

ここに、アラムデッドに来るべきじゃなかった。

エリスに惹かれるべきじゃ、なかった。

「やっと、私を憎んでくれる？」

僕の目の前にエリスの銀髪がある。

触れることさえ畏《おそ》れ多かった、婚約者の髪だ。

エリスが、頬を僕の顔につけた。

ぞっとするほど、冷たい肌だ。

反対に、僕の中に怒りと後悔の火がくすぶり始めた。

エリスに向けたことのない感情だ。

「エリス、僕には君がわからないよ」

「奪い合って愛し合うのが、私たちヴァンパイアの本質よ。クロム伯爵は、それを理解してたわ」

「……僕には到底、理解できない」

「そうでしょうね……。残念、ね」

冬の空気のようなエリスの吐息が、僕の耳にかかる。

エリスは、失望しているわけではない。

ただ見せつけているだけなのだ。

エリスと僕の、本当の心の距離を。

「ねえ、今ここで私を抱――」

「言うなっ！」

エリスの耳元で僕は声を荒《あら》らげた。

わかっている、エリスの安っぽい挑発だということは。

僕はエリスの両肩をつかみ、引き離した。

エリスは力を抜いて、されるがままだ。

熱が、僕の身体を焼いた。

どこまで僕の心を逆撫《さかな》でし、馬鹿にすれば気が済むのか。

昨夜の今で、嘘でも聞きたくなかった。

僕がイライザを傷つけたこの部屋では、なおさらだった。

「そんなに、クロム伯爵がいいのか。死んだあの男のために、そこまでできるのか⁉」

「ええ、そうよ」

エリスが一切の迷いなく、言い切った。

心の火が、炎になって僕を焼き切る。

「……もう終わりだよ。話すことは、ない!!」

僕は未練を断ち切るように、ベッドから立ち上がった。

目はすでに覚めていた。

昨日の夜、婚約破棄以前に全部終わっていた。

追いすがってもかなわない相手だったのだ。

後は、ディーン王国とアラムデッド王国で話し合うだけだ。

当分、困らないだけの金《かね》は手に入るだろう。

自分にもプライドがある。

エリスは騙されてたんじゃない。

単に、僕が好きじゃなかったんだ。

身分不相応に好意を寄せた、僕も愚かだった。

「ディーン王国管轄の館に無断で立ち入ったことは、不問にする。帰ってくれ」

「そうね……よかったわ……」

エリスもベッドに手をついて、立ち上がった。

その顔に、謝罪や反省の色はない。

奇妙に、エリスは晴れ晴れとしていた。僕が持ちえないものだ。

「……あなたに好かれたままは、つらすぎるもの」

エリスはさっと僕にキスをした。

反応することもできない速さだった。
冷たくもなく、人の持つ温かさだ。
エリスの冷たさが、彼女の魔力によるものだと初めて知った。
挨拶のような軽いキスだった。
去り際のただ別れの代わりだった。
そのキスの瞬間に、部屋の扉がものすごい音を響かせる。
誰かが蹴破るように開けたのだ。
「ジル様、ご無事ですか⁉」
なんというタイミングだ。
イライザと護衛が血相を変えて、飛びこんできた。
さすがにイライザたちも、予想外だったのだろう。
僕も今、こうなるとは考えもしなかった。
警報魔術でわかったのだろうか。
部屋全体の空気が、止まる。
イライザは、エリスを唖然と見ていた。
仮にもエリスは王女だ。無断侵入とはいっても、取り押さえるのは不可能だ。
イライザの目が剣呑《けんのん》になっていく。
こんな時間に忍びこむのは、夜這いと思われたかもしれない。

シーラのことも合わせれば、かなりの不信感だろう。

ディーンの人間は、動くに動けない。

口火を切ったのは、エリスだ。

一歩、踊るように僕と距離を取った。

雲が流れたのか、カーテンから青い光が差しこんでくる。

照らされるエリスは、美しくも恐ろしいヴァンパイアだ。

「もう帰らなくちゃね……はい、あとはこれ」

エリスは黒い筒を、僕に両手で丁寧に手渡した。

気にはなっていたが、これはなんだろう。

中には他にずっしりとした重さがある。筒は紐でしっかりと封じられていた。

「私からの、非公式の救援要請よ」

「……どういうことでしょうか?」

イライザは、外交役も兼ねている。

「ブラム王国軍が来るなら、狙いは報復ね。占領なんて考えずに、破壊と略奪で帰るかもしれない。

……身勝手だけど、そこまで許したくはないの」

本当にわがままな言い分だった。

僕は、当然の疑問を口にする。

「クロム伯爵とエリスのため、ブラム王国が動くと?」

「私とクロム伯爵も、もう口実でしかないでしょうね。事態はそこまで急なのよ」

すっと、エリスが扉のほうに向く。

もう話すことはないと、言わんばかりだ。

「……準備してたの？」

「ええ、そうよ……遺書も書いてあるわ。用意はしておくものね」

横顔のエリスが、もののついでのように続ける。

「ジル、あなたに悪いことをしたとは、ちょっとは思ってるのよ」

エリスがあごを引く。

決まりが悪そうな素振りだが、本当にそう思っているかはわからなかった。

「中には宝石が入っているわ。ちゃんとしたところで売れば、ひと財産にはなるはずよ」

「手切れ金ってこと？」

僕は黒い筒に目を落とす。

わずかに銀色の装飾が施された、高価そうな筒だ。

重さからすれば、かなりの物が入っていることになる。

「……そう思っても、いいわ」

エリスはそう言うと、悠然と扉へと向かっていった。

僕からは、エリスの表情がよく見えない。

エリスの背中をいっそう強く、月明かりが映し出す。

銀の髪がなびくと、王族の威厳が室内に満ち始める。

イライザは、まごついているようだ。

帰る王女を、ひきとめるわけにはいかない。

護衛も状況に戸惑っている。

イライザが心配そうな目線を送ってくる。

僕はしっかりと、イライザに頷き返した。

止めることはない。

帰りたいなら帰らせればよかった。

「エリス王女を送ってあげて」

僕ははっきりと宣言した。

イライザと護衛が道を開ける。

そのまま出ていくものと思ったエリスは扉の縁、イライザの横で足を止めた。

「もう少し、想いは心に秘めないとね……宮廷魔術師さん？」

「………っ！」

イライザの顔がこわばる。

ほんの少し愉快そうな調子で、エリスが続けた。

「ま、好きにすればいいわ。……私もそうしたのだし」

エリスが、僕の部屋から出ていった。

数人の護衛がエリスについていく。
「ジ、ジル様……！」
イライザは反対に、僕に駆け寄る。
声の震《ふる》えかたは、まるで泣きそうなくらいだった。
「申し訳ありません、補佐として失格でした！」
深くイライザは頭を下げた。
イライザのせいじゃないのはわかっている。
もともと婚約者として訪れたアラムデッドの王宮内だ。
アルマの意志があるのなら、なおさらすり抜けるのは容易《たやす》かったろう。
僕は、イライザの肩にぽんと手をのせる。
衝撃的な一幕だったが、気をとられている時間はない。
僕の心も定まった。
もう、エリスの婚約者ではない。エリスの心が僕に寄せられることはない。
今は一旦、ディーン王国に戻ろう。
盗賊の件も、エリスの言ったブラム王国の動きも気になる。
僕はもう、エリスの本音がわからなくなっていた。
わかるのは、僕がここにいるのは、ディーン王国のためにもならないということだ。
ディーン王国がどう動くかはわからないが、僕が自由でないといけないだろう。

このままでは人質も同然だ。
しかもエリスのひきとめ工作が失敗したとわかったら、次の手を打ってくるだろう。
《血液操作》の場面を、エリスに見られたのだ。
詳細にエリスが報告すれば、《血液操作》と《血液増大》の可能性に思い当たる。
アルマも、強硬な実力行使に出かねない。
今日一日でもシーラ、盗賊、エリスと多くのことが起きすぎた。
シーラとエリスは、アルマの差し金だ。
そして盗賊は、遠回しのやり口だけれどアルマの差し金ではない。
盗賊をけしかけても、僕のアラムデッド王国に対する印象が悪くなるだけだ。
つまり盗賊はむしろ——ブラム王国の手先から指示を受けたと考えるのが自然だ。
アラムデッド王国から僕に立ち去ってほしいのだろう。
ディーン王国貴族の僕がいることは、確かにブラム王国には不都合だ。
僕がいると、ディーン王国とブラム王国の戦争になりかねない。
僕が帰国している間なら、諸々の動きがしやすくなるのだ。
アラムデッド王国から救援の依頼が来ても、ディーン王国は無視するかもしれない。
でも明日からはどうなるだろうか……？
《血液操作》をされた血を舐めたアエリアとアルマの反応。
僕はもしかしなくても、ヴァンパイアを喜ばせる存在になっていた。

貴族の血はもとより高級品、それが最高品質で手に入るとしたら。
僕の存在が、ヴァンパイアの貴族の支持を得る要因になりうる。
そうなるとアルマだけではない、ブラム王国の手先も工作を激化しかねない。
エリスのあなたの血を欲して、という意味はこれだ。
アラムデッドから離れるべきだと、僕の本能が強く告げている。
何もかもが僕の思い、尊厳を無視するやり方だった。
迷う材料はもうない。
捕まらないようにアラムデッドを去るのだ。
同じような懸念を、イライザも持ってくれているだろうか。
僕は静かに、けれどしっかりと言った。
「作戦会議だ、イライザ」
「どうされるおつもりですか?」
不安の色が漂うイライザに、僕は声をかける。
シーラも、護衛の陰からひょっこりと姿を現した。
「一度、ディーンに戻る」
明日からどんな工作に遭うか、想像もしたくない。
最悪の場合、イライザも巻きこまれかねない。
ありがたいことに、イライザは安堵したように息をついた。

「それは私も賛成です……」

やはり、シーラの件が大きかったか。

イライザからすればあれほどのエルフをぽんと渡すというのが、不可解なのだ。

正直なところ、イライザなしでは帰国は難しいところだった。

僕たちは頷き合い、イライザの部屋へと足早に向かった。

イライザの部屋には、アラムデッドとディーン間の詳細な地図がある。

アラムデッド王国を中心に、西に位置するのがディーン王国だ。

「今なら、王都を出るまでは簡単にいくでしょう」

「……そうなのですか？」

「シーラが知らないのも無理はありません、王宮も王都も、吸血のために出入りするヴァンパイア以外の往来が非常に激しいのです。そこまでは問題ありません」

「問題は、追いかけられたときだね」

僕を置いておきたいのだ。

黙って去らせてくれればいいが、追っ手がかかる可能性がある。

僕は、アルマの恍惚《こうこつ》として輝く目が忘れられなかった。

すんなり諦めてはくれないだろう。

盗賊の黒幕も問題だが、指令を出したのはアラムデッド王宮内からと考えるのが妥当だ。

でなければ、僕の動きを先回りして森で待ち伏せなんかできない。

盗賊を使うような中途半端な作戦からして、アラムデッド王国にそれほどの戦力はないと思う。

今なら、出し抜ける可能性はかなり高い。

「普通に聖宝球《せいほうきゅう》沿いに行けば、追いつかれるでしょう」

モンスターは、聖教会がつくる聖宝球の結界には近寄れない。

聖なる神の力を宿す聖宝球の力を、モンスターは嫌うのだ。

聖宝球はスキルの授与とともに、聖教会の重要な役割でもある。

村や街には結界が途切れないよう、聖宝球は置かれている。

この結界の道が、交通の大動脈となっている。必然、最速で移動するのは聖宝球沿いになる。

それ以外では街道の整備も遅れてるし、モンスターと出くわす恐れがあるのだ。

シーラがすっと、地図の一地方を指さした。

見ると、エルフの村が点在しているようだ。

他を追われてアラムデッド王国に移り住んできたエルフたちだろう。

聖宝球から離れたエルフの村々は、保守的で警戒心が強い。

距離は最短に近いが横断するのはリスクがある。

「……私の故郷の村を通れば、どうでしょう?」

「生まれは、その地方なの？」

シーラがアラムデッド王国出身なのはわかっていたが、まさかちょうどディーン王国との間だったとは。

「このあたりは、私と同じ部族です。私のことはみんな知っています。それに、ヴァンパイアもあまりいません」

シーラが、自分の髪先を触りながら言う。

奴隷として自分を送り出した故郷だ。

僕はアラムデッド王都からエルフの居住域、ディーン王国の国境都市までの道をなぞっていく。

距離は聖宝球沿いで行くよりもかなり短い。

しかも、ディーン王国の城塞都市まで行けそうだ。

そのあたりからなら、ディーン王都に行くにも早い。

「エルフが住んでいるのなら、モンスターを狩りながらの生活のはずです。モンスターの数も多くありません」

「はい……故郷では生活の糧《かて》を、モンスターからも得ていました。周辺はモンスターが多数いますが、このルートなら……」

シーラが、王都からエルフ居住域までを指でなぞっていく。

契約魔術の影響下にあるシーラは、嘘をつくことができない。

ルートはこれでいいだろう。

アルマは、明日から警備を倍にすると言っていた。

抜け出るのはますます難しくなる。

もう思い残すことはない。

早く立ち去ったほうがいい。

日の出とともに乱痴気騒《らんちき》ぎは終わり、他の種族は王宮から帰っていくのだ。

狙うのは、そのタイミングだろう。

婚約破棄から、まだ一日も経過していなかった。

それにしては、自分でも驚きの考えだ。

しかし迷う時間もない。

「次の朝には行動に移したい。……準備しよう」


太陽が、尖塔の後ろから昇ってきた。

爽やかな光が、よどんだ王宮を清めていく。

ヴァンパイアの宴は終わっていた。帰還の準備も大詰めだ。

一緒に行くのはイライザとシーラ、護衛のなかでも腕利きの五人だ。

他は、厳しいようだが置いていく。

ディーン王国から連れてきた人間は護衛、メイドや料理人を含めて五十人を超える。

とても全員を同行させることはできない。

状況としては、いきなり婚約破棄をされた僕と補佐のイライザが緊急帰国するというだけだ。

残ったディーン王国の人間を粗末にすることは、考えがたい。

一応、僕とイライザの部屋には書き置きをしておく。

内容は『婚約破棄に激怒した、一時帰国する』だ。

読めば、アルマは悟るだろう。

ひきとめ工作が完全に失敗した、と。

作戦は単純なものだ。

イライザが王都の大貴族に会いに行くという名目で、王宮を出る。

その護衛のなかに僕が紛れて行くのだ。

今はイライザと僕の二人で、イライザの部屋の荷物をまとめていた。

「荷物は少なくしていきます。食料等を抱えこんでいては、不審に思われるでしょう」

「王都で調達するんだね」

イライザが鞄に書類をつめこむ手を止めず、

「朝はアラムデッド王国では他国の夕方のようなものです。人通りも品揃えも多く、旅支度は十分にできます」

買い出しをイライザがやるのは、目立ちすぎる。

銀貨や銅貨で、僕たち護衛役が素早くやるしかないだろう。

「疑われそうになったら、すぐにその店からは引きあげるんだね。エルフの村々まで持てばいいし」

上質の馬にイライザとシーラが強化の魔術をかけながら、進むのだ。

想像よりもずっと速い移動になる。

エルフの村まで、三日か四日のはずだった。

「シーラの話ではお金があれば、エルフからも食料が買えるとのことでした。食料や薪《まき》の調達に問題はないでしょう」

鞄にいろいろつめこみ終わったイライザが、僕に近寄る。

両手には、様々な色の瓶を持っていた。

「では、よろしいですね……ジル様」

「うん……お願い」

イライザは瓶の中の液体を、右の手のひらに出した。

緑色のねっとりとした中身が出てくる。

匂いがないのが救いだった。

「いきますよー……！」

そのままイライザが、べちゃりと僕の顔に液体をこすりつけてくる。

頬が一気に冷たくなる。

これは魔術薬の、それも秘伝の一種だ。

顔にかけ、魔術を施すと皮膚の形が変わるのだ。いわゆる変装術と言っていい。

僕の顔に、イライザが指先からごしごしと力をいれてくる。

相当な魔力が僕の顔面を覆っていく。

イライザの指とあわせて、くすぐったいような妙な感覚だった。

僕からは、どういう変装になるのかわからないのだ。
耳やあごにも液体をつけて、揉《も》みこんでいく。
他人にあまり触られる箇所ではないし、くすぐったくて身じろぎしてしまう。
イライザの繊細な指が、隙間なく僕の頭中に触れる。
表情は真剣そのもの、集中した顔だ。
「次は……口を開けてくださいませ」
イライザは、ハンカチで手から緑の液体をぬぐった。
次に、別の瓶から青い液体を出す。
さらさらとして、ほんのり甘い匂いがする。
口を開けると、ぐいっとイライザの人さし指が押しこまれる。
「もう少し、開けてくださいい……あと、舌も出してください」
言われるがまま、僕は口をさらに開ける。
イライザの指が僕の舌を撫でる。
丁寧に触っていく。
なんも液体の味はしない。
ただ、他人の指という普段にはない感触が広がるだけだ。
イライザが舌を親指でつまむようにする。
力は全くかかっていない。

そのまま指で舌全体に触れていく。

イライザの目線は、僕の舌に向けられている。口の中にけがをすると、こんな治療をされると聞いたことがある。

イライザの指が、舌からぱっと離れた。

どうやら、変装の用意は終わったみたいだ。

こうすることで、声も変わるらしい。

薬との併用の変装なら、魔力の反応もごく少ない。短時間しか持たないらしいが、ディーン王国でも宮廷魔術師にしか許されない秘技なのだ。

「触られても、これなら全く気が付きませんからね」

イライザや護衛も王都から出るときは調べられるが、危険な魔力の有無と名簿との付き合わせくらいだ。

ここまでやれば、まず門は突破できる。

「さて、これでジル様の準備はいいですね……あとは私のほうです」

館の周りには、当然アラムデッドの見張りがいる。

少しの間、彼らにはおとなしくしてもらわなければならないのだ。

そのまま門に向かうという選択肢もあるが、なるべく監視されないほうがいい。

「お任せください……私の力で少し時間を稼ぎますから」

イライザはかなりの自信を持って、そう言ったのだった。

今、僕の部屋にはディーンへと戻る全員が集まっている。
僕を含む護衛役は、鎧《よろい》も装着済みだ。
荷物は少なめに、まず王都を脱出することを優先する。
日の光は、いよいよ輝きを増していた。
小鳥の歌声が、そこかしこで響きわたる。
ヴァンパイアにとっての眠りが、近づきつつあった。
いわば、他種族にとっての夜が更《ふ》けてくる時間だ。
シーラは一人集中して、辺りを感知している。
他のことはできなくなるらしいが、ここまでの探索力はエルフならではだ。
シーラは、ぴくぴくと耳を動かしている。
なにせ急遽決めた計画だ。
監視の裏はかけるが、僕たちも完璧な準備はできない。
「……館の側にアラムデッド側十人、それに……離れたところに三人いますです」
「結構いるね……」
館の中にはディーン王国の雇った護衛がいるのに、念が入っている。
シーラが言うには、館を三角で囲むように人員が配置されているらしい。
僕を守るためではなく、アラムデッド側の情報収集の一環だろうけれども。

とはいえ王宮の外周に位置するこの館は、厳しい警報の結界の中にはないのだ。

アラムデッド王族のいる本殿とは違う。魔術を使っても、即座に近衛兵がすっ飛んでくるわけではないのだ。

「館の中の私たちを見通すことは、再構成した私の魔術でできないはずです」

「……スキルでも？」

先ほどの変装で舌にも触れたので、僕の声も変わっていた。

いつもより低い声に、妙な感じが離れない。

「目録に掲載されているようなスキルでは、不可能のはずです。昨夜の件は驚きましたが……王女様自身のスキルで忍び込んだのでしょう。多分……《鏡渡り》の類いのはずです」

イライザはわずかな時間の合間に、エリスのスキルを推測していた。

「《鏡渡り》は相当なレアスキルで……時間はかかりますが、鏡から鏡へと瞬間移動をするものです。いきなり出現したように見えたのも、そのせいでしょう……。結界がすぐ切られたのは、王女様の魔術の腕前のせいですが」

「それは気にしなくていいって……」

落ちこみかけたイライザを僕は励ます。

どのみち他国の王宮なのだ、完全に守りきるのは難しい。

しかし今、中を見られているのなら、とっくに踏みこまれている。

ここまでの動きは、ばれてはいない。

「あとは……私のスキルと技能を組み合わせます」

イライザが柑橘色の瓶を数本取り出し、全員に振りまいていく。

ほんのりとオレンジのような香りがした。

「これは……」

「催眠薬です。集中力を失わせ、暗示にかかりやすくなります。すみません……効果範囲を広げるために、先に全員にかけさせてもらいました」

誰に何が起こるかわからないし、事前に振りまくのは当然だろう。

イライザの声が、遠いような近いような不思議な距離に聞こえる。

力が抜けるほどではないが、妙に心地いい。

「普通なら当然、私も影響されるわけですが……スキルで耐性があります。詳細は申し上げられませんけれど……」

他人にスキルを問うのは、失礼にあたる。

まして宮廷魔術師のイライザの地位は、ディーン王国では保護の対象だ。

無理にスキルを聞き出そうとするだけで、罪になる。

「では、行きましょう……幸いにも、私はほぼ毎日、王都に繰り出しています。そこまでは大丈夫でしょう」

全員で曖昧に頷いてしまう。

意識の力が少し剝ぎ取られているようだ。

イライザ、結構怖い力を持ってるなぁ。
僕は宮廷魔術師の実力を、あらためて肝に銘じたのだった。
護衛役を先頭に、全員で馬に乗って城門へと向かう。
兜《かぶと》をつけているので、視界は良くない。アラムデッドでは久しぶりの全身鎧だった。
全員馬に乗り、行進していく。馬の管理もディーンの館で行っている。
ここまでは、普段通りの外出風景にすぎない。
館の出入り口でも王宮内でも、特に不信感は持たれなかった。
数人のヴァンパイアと行き交っても、挨拶するだけだ。
誰しもが朝に弱いのか、ぼんやりとしている。
雲が過ぎ去った後の気分のよい朝だ。
僕にとっては快適だが、ヴァンパイアにとっては力を弱める晴天だった。
イライザは深めの黒茶のローブを羽織っており、護衛も目立たない武具にしている。
苔《こけ》むした大きな城壁とともに、城門が近づいてくる。
アラムデッド王宮はヴァンパイアの数の少なさを表して、大きな城ではない。
ディーン王国では、同じような城が十はあるだろう。
とはいえ、城壁上のかがり火が絶えることはない。
城門には人だかりができている。
しかし、僕たちは貴族用の受付で出られるのだ。

城門に詰めているヴァンパイアは、アエリアと同じく日光に強い血統だ。

きびきびと警護を行っている。受付に着くと城門兵たちが敬礼をしてくる。

「これは……イライザ様、珍しい格好で」

「警備、ご苦労さまです」

すでにイライザは顔馴染みとなっていた。

手に銅色の棒を持つ城門兵数人が、護衛にも近づいてくる。

「お顔を改めさせていただきます、よろしいですね？」

「もちろん、いつものことですし」

イライザが目線を送る。

緊張を顔に出さないように、僕と護衛も兜を開けて顔を見せる。

銅色の棒は魔力探知の魔術道具だ。

攻撃性の魔術やアラムデッドの刻印が刻まれた何かを持ち出そうとすると、反応する。

棒をかざされ顔を出すと、心臓が高鳴ってくる。

城門兵の手元にある帳簿は、ディーンの護衛の特徴が書かれているはずだ。

時間にすればわずかな間だが、早く終われと僕は念じた。

「……問題ありません」

「では、通らせていただきますね」

そこで、一人のヴァンパイアが前に出る。

黒と金の刺繍が施された壮年の男だ。

それなりの地位にいるのだとすぐにわかった。

男が手を広げ、イライザに対して声を上げた。

「昨日のこともあります……追加の兵をお付けしましょう。すぐに用意させますので、少々お待ちくださいませ」

「………なるほど」

想定外だ！

僕は唇を噛んだ。

ディーン王国の全員を見張るつもりか。

催眠薬があっても、余計な人間がついてきたら意味がない。

「ご厚意痛み入りますが……昨日の一件もあります。逆に目立ちたくはありません」

イライザの声に、すごみが増す。

一歩も引かないという声音だった。

「はっ……しかし」

「心配をかけるには及びません。昨日も、けが人はいませんでしたし」

イライザが、しっかりと言い放つ。

普段なら無茶な言い方だが、今は違う。

薬の効果でじんわりと心にしみていくのだ。

男に強い命令が下されていたのなら別だろう。

でも気を利かせた程度なら、暗示が勝る余地がある。

「しかし……そんなわけにも……」

「私はディーンの宮廷魔術師です。護衛に誰を連れていくかは、私が決めます」

ぐらり、と城門兵の頭が揺れる。

「……はぁ……確かに……いや、それでも」

壮年のヴァンパイアが首を振って、不思議そうな顔をしている。

まずい、暗示に気が付いている？

他の城門兵はぼんやりしているが、この壮年のヴァンパイアは粘っている。

ちらりと見ると、周囲からも視線が集まりつつある。

「いいですね？」

心なしか、イライザも身体が震えて焦っているかのようだ。

「……はい……いえ……それでも……」

「おや!?　そちらの方はっ！」

僕たちの前に荷物を両手に持った女性が現れる。

黒い髪にヴァンパイアらしい紫の服装だ。

女性は意外、という顔をしていた。しまった、間が悪すぎる！

僕たちは、出勤するアエリアと出くわしたのだった。

アエリアは、すぐにイライザと気がついたようだ。

イライザは特に変装もしていないので、当然だった。

「これはアエリア様……」

壮年のヴァンパイアがアエリアにも会釈する。

どうやら二人は顔見知りらしい。

「ふぅむ……イライザ様、お早いお出かけですね」

「ええ……昨日のこともありますし、ちょっと時間をずらそうかと」

「なるほど、だからなんですね～」

アエリアが一同を見渡し、鼻をすんすんと働かせた。

そのままアエリアは、はっと僕を見た。

兜ごしに目が合う。

野性的な目が、ぱちくりとまばたきをする。

ほんの一瞬だが、しまったという顔をアエリアがした。

僕は瞬時に、アエリアが僕に気づいたと悟った。

「……そういえば、門前で立ち止まるなんてなにかお困りですか？」

アエリアがくるりとイライザに向き合う。

さっきと変わって、真剣さがにじんでいた。

「追加の護衛は不要、と……そう申し上げているのですが……」

「なるほど、なるほど……」

アエリアも少し足元がふらついている。催眠薬の効果だ。

だけれどそれよりも強い意志でアエリアが、

「私がいつも通りお世話係としてついていけば十分ですよね？」

「そ、そうですね……！」

イライザがすかさず同調する。

さらにアエリアが壮年のヴァンパイアに指を振って、

「というわけでイライザ様のお相手を待たせるわけにもいきません……通らせてもらいます」

「……しかし……」

「……信頼できませんか、私が？」

アエリアは、公爵令嬢でもある。

しかも、王宮にかなり自由に出入りを許されている身だ。

「いえ……どうぞお通りください。お気をつけて……」

ついに二人に押されて、壮年のヴァンパイアも丸めこまれた。

小さく、僕は安堵の息を漏らす。

兵が道を開けて、門の外に出られるようになった。

心なしかイライザの進む速度が速い。

僕たちも遅れないように、囲んでついていく。

城門を過ぎて少しした後、イライザがひそひそと僕に言う。

「……王都での買い物は少なめにしましょう。城門兵への暗示は長く続きません」

王宮と王都は隣接している。

門を出れば明るくなりつつある街に出る。

街に移動しても、兵がまばらに警備していた。明らかに昨日よりも警戒度が上がっている。

「わかった……仕方ないね」

あとはアエリアのことだった。

人目が途切れるや動いたのは、シーラだった。

馬から飛び下りてアエリアに抱きついたのだ。

「わわっ……」

ヴァンパイアとはいえ、シーラを振りほどくのは到底無理だろう。

アエリアも抵抗はしないようだ。

僕も馬を下りる。

あまり急すぎると、周りの注意を引く。

自然に知人と話しこむようにだ。僕は無言で、シーラに通りの壁際を指さした。

シーラがアエリアの手を取りながら、邪魔にならないように壁へと向かう。

イライザと護衛も同じように移動する。

イライザの暗示があるので、粗《あら》くだがアエリアの口止めはできる。

それに、逃げないのなら手荒なことをする気もない。

今しがた助けられたばかりなのだ。

アエリアは、僕とイライザの顔を交互に見る。

「ええっと……これって、私ピンチですよねぇ」

「……いえ、そんなことはありませんけれども……むしろ助かりました、ありがとうございます」

イライザも、馬から下りてアエリアの正面に立った。

催眠薬の利点は、魔力を使わない点だ。周りに気づかれることもない。

アエリアは首をすくめて、周りを見回した。

「王都からどう出るつもりです？」

低く小さな声で、勘の鋭いアエリアがたずねてくる。

アエリアにはお見通しのようだった。

「ははぁ……エルフ領を通るつもりですね。やめたほうがいいと思いますけど」

僕たちの見た目から、素早くアエリアは判断したようだ。

イライザがアエリアに手をかざす。

だけど、やめたほうがいい、とはどういう意味だろう。

僕はイライザの前に腕を出して、暗示を制した。

「何かわけがあるの？」

「わあ、声が違っていますね。ヴァンパイアじゃないと気がつかないですよ」

ちょっと、アエリアが驚く。

しかし本題ではないと思ったのか、すぐ咳払《せきばら》いした。

「王都とエルフ領の間には、警報塔が立っています。知らずに近づくと、あっという間に王宮に位置がばれますよ」

「……そうなの？」

「聞いたことがありませんです」

「アルマ様が、王都とエルフ領の間に警戒網をつくっていないと思います？　エルフに気づかれないよう、設置してあるんですよ」

「……反乱察知のため、か」

王都は、平地にある上に城壁で囲われてはいない。

聖宝球沿いの都市よりも王都のほうが、防備は薄いぐらいだ。

聞いた話では、相当に古い都なので仕方ないらしいが。

「エルフを刺激しないよう、人員は最小限で設備も最低限です。でも、抜け道を知らずに通るのは無謀ですよ」

「アエリアは公爵家に連なる……それも交易担当でしたね」

イライザが、記憶を辿りながら呟く。

だからこそ顔も広く、あえて館に出入りさせていたのだ。

「私は親族の関係でエルフ領にも詳しいんです……で、相談なんですけどもっ」

アエリアが勢いよく言葉を切り、胸に手を当てた。

「私を連れていきませんかっ⁉」

「……どうしてでしょう？」

「いやぁ、恩を売りたいんですよ」

アエリアは、あっさりと本音を口にする。

このあたりは取り繕うつもりもないらしい。

「いろんなことがあって、一度戻られるんでしょう？　私の家とディーン王国と、繋がりを強くするいい機会かなと」

にわかには信じがたい。だが、疑い出せばきりがない。

ブラム王国、アルマ派、どこが狙っているのかわからない。

アエリアの話を信じて道案内を頼むか。

それとも暗示をかけて家に帰すか。

だが、アエリアを頼みにする理由はある。

「わかった……案内を頼むよ」

「……よろしいのですか？」

「道中、ヴァンパイアとの接触はありえる。アエリアがいれば、今みたいにうまくごまかせる」

アエリアが罠《わな》にはめる気なら、警戒網のことは秘密にするだけでいい。

僕たちを誘い出す可能性もあるが、脱出は今日決めたことだ。

いくらなんでも手回しがよすぎる。

前々からあるというアルマの警戒網のほうが、よほど真実味がある。

アエリアは、得意そうに目を輝かせる。

声は小さくひそめながらだが。

「任せてください、ちゃんと送り届けますからっ」

さらに僕の兜に口を寄せて、アエリアは期待をこめて言ったのだった。

「日課、忘れないでくださいね……！」

僕は一歩後ろに下がり、まじまじとアエリアの嬉しそうな顔を見るのだった。


出だしは危なかったが、王都を出てからの旅は順調に進んだ。

荒野を背にし馬に乗りながら僕は、エリスからの贈られた黒い筒を思い出していた。

書類は、当たり障りのない救援の要請だ。

宛先はなかったが、敵はブラム王国と名指ししていた。

筒の中には書類の他に、ずしりと重いルビーが入っていた。

金の首飾りになっているけれど、明らかに価値があるのはルビーだ。

真円に近く、まるで太陽と血を混ぜたかのように色鮮やかな宝石だった。

王都から出る前にイライザに見せたが、特に魔術的な反応はないらしい。

僕にとっては、アラムデッドにおける名誉の代わりだった。

今は目立たないよう首にかけている。

金《かね》に換えるつもりはないけれど、持ち帰らなければならなかった。

もう一つは、クロム伯爵のことだった。

本当に殺されたのなら、死体はすぐに引き渡されるだろう。

前々から計画したものならクロム伯爵は捨て駒で、殺したのを隠しても無意味のはずだ。

あるいは、王宮内にスパイがいればどう隠そうとしてもわかるだろう。

クロム伯爵がいくら物知らずでも、婚約破棄を知れば周囲が止めるのに。

名門の伯爵を使い捨てにするほどの計画が、あるのだろうか？

ディーン王国は、まだ婚約破棄のことも知らないはずだった。

◆　◆　◆　◆

アラムデッド王都のとある荘厳な教会にて、クロム伯爵の遺体の引き渡しが行われていた。

ブラム王国は婚約破棄の直後から、クロム伯爵との面会を求めていた。

クロム伯爵が即日死亡したのは、衝撃的な出来事だった。

ある程度予想されていたとはいえ、教会内には物々しい雰囲気が漂う。

アラムデッド王国の立会人には、重臣級は参加していない。

建前上ではクロム伯爵は婚約者になるための儀式に挑み、失敗したのだ。

結果としてクロム伯爵は死亡した。
単なる不運な事故、というのがアラムデッド王国の説明だった。
もちろん、ブラム王国の受取人もそれが嘘でしかないと知っている。
とはいえ、遺体の受け取り場で騒ぐほどの愚か者はいない。
ブラム王国の使者の一団は魔術師風の者ばかりだ。
一団の中、一人の妙齢の美女がクロム伯爵を納めた棺に歩み寄る。
黒い服、黒い長髪、黒い杖で背の高い魔術師だった。
アラムデッド側の役人は彼女が誰か知らなかったが、些細なことだ。
皆、棺に注目していた。
黒の女性のつやのある髪は膝まで伸びており、憂いを帯びた表情は魅惑的でさえある。
アラムデッドの役人が棺を開けて、横たわるクロム伯爵をあらわにする。
抜かれた血は戻されたのだろう。
眠るような穏やかな表情で、手を組みきれいに棺に納められていた。
黒い女性がクロム伯爵の髪に躊躇なく触れる。
アラムデッドの役人が一様にぎょっとする。
ゆっくりとあやしつけるように、女性の手つきは優しい。
「はぁ……確かに、クロム伯爵でありますね……」
ため息まじり、気だるげに女性は呟《つぶや》いた。

そのまま撫でるように、女性は手を髪から顔へと滑らせる。

そこには遺体に対する嫌悪はない。

意味のわからない行動を見て、アラムデッド王国側に緊張が走る。

「……血を一度抜かれたにしては……きれいに整えて………」

誰にともなく、黒い女性は言葉を続ける。

得体の知れない言葉に場が呑まれていた。

「愛と苦痛……その揺れ幅が大きいほど、また死も尊いものに、なる………」

愛撫するかのような声は、死体を撫でながらにしてはあまりに不釣り合いだった。

女性は、黒い手袋をした指をクロム伯爵の組んだ手にのせた。

アラムデッドの役人へ黒い女性は向き直る。

まるで夢見心地のような声音だ。

「……しかと、受け取りました……」

そう言うと、黒の女性は軽く会釈をしたのだった。

第四幕　反転

エルフの村へ向かって二日目になった。
すでに日はだいぶ傾き、砂と荒涼とした大地を朱《しゅ》に染めつつある。
道のりは順調すぎるほどだ。
シーラの知識のおかげだった。そのシーラの馬に、アエリアが同乗している。
感知力に優れる二人を案内役にしている。
野営のために水場に近づいていた。
結局、大した食料や水は得られなかった。
荒れ果て、日ざしも厳しい大地では、水だけは確保しなければならない。
雨が溜まったかのような、小さな泉だ。
こうしたところには、縄張りにしているモンスターがいるものだけれど。
シーラが目を閉じて感知力を働かせている。
皆、戦いの準備は済ませている。
僕も決闘のときのように剣に血をまとわせていた。
「モンスターが一体潜んでいます……」
泉の中から巨大なトカゲ——ブラックリザードが姿を現した。

大きさは軍馬と騎士が合わさった程度、かなりの巨体だ。
ブラックリザードは名前の通り、漆黒の鱗《うろこ》をまとうモンスターだ。
鱗は魔術に強く、接近戦でないと傷つけるのは難しい。
「シュロロロロ……！」
唸《うな》り声を上げて、ブラックリザードが黄色の目を剝《む》く。
僕たちは馬から下りて、僕と護衛だけでじりじりと近づいていく。
女性陣は後ろに控えさせている。
ディーン王国にも、ブラックリザードは当たり前にいる。
対処法は頭の中に叩きこまれている。
「来る……！」
ブラックリザードの攻撃方法は鉤爪《かぎづめ》と牙《きば》、そして攻撃魔術だ。
距離を取っている今は、魔術しかない。
禍々《まがまが》しい魔力が、ブラックリザードから放たれる。
それは水場に作用し、すぐさま効果を発揮し始める。
三個の水球が形成され、浮き上がった。
人の頭ほどの大きさだ。
ゆらゆらと水球がブラックリザードの周囲を回り始める。
速度は遅いが、当たればまるで皮袋に殴られたような衝撃が襲ってくる。

当たりどころが悪ければ、死ぬことさえあるのだ。
しかも、液体なので斬っても止めることはできない。
水球を攻防に使うのが、ブラックリザードの戦闘方法だ。
しかし、一体なら問題はない。
タイミングさえ合わせれば、だけれど。
「イライザ、シーラ、アエリア……!!」
後方待機をしている魔術師の三人に呼びかける。
背中から魔力の波が迫ってくる。
空気の乱れが頭上を通り過ぎた。
イライザとアエリアの、風切りの魔術だ。
オーソドックスな風の刃をつくり出す魔術で、どの国でも基本になっている。
三つの風の刃が水球に当たる——否、ブラックリザードがあえて水球で防いだのだ。
高速で飛来する魔術に反応したのだ。
水球が乱れたとき、茶色の小人たちが空を飛んで水球にさらに体当たりする。
シーラの精霊術だ。
大地の精霊に形を与えて差し向けている。
水球も魔術だ。連続して魔術に当たれば維持できなくなる。
水球は茶色の小人に切り裂かれ、地面にまき散らされていく。

「今だッ！」

ブラックリザードは突然のことに呆《ほう》けていた。

所詮は獣、臨機応変には動けない。

僕たちは一気に駆け寄り、鱗に刃を突き立てていく。

「グエアアアッ!!」

ブラックリザードの悲鳴が上がり、腕をめちゃくちゃに振り回す。

僕は腕を避けながら、剣にまとわせた血をいくつもの刃の枝に変える。

血の枝が巻きつき、鱗を裂いていく。

手応えがあった！

あともう少しで終わりだ。

そのときシーラが慌てた声を上げて、

「もう一体……空から来ますッ！」

翼のある影が泉から僕たちへと大地に映る。

「フェザーフロッグ！！」

振り返ると焦げ茶の翼が生えたグロテスクな緑の大ガエルが、イライザたちに迫っていた。

サイズは軍馬ほどだ。さっきまで形も見えなかったのに。

岩陰に潜んで様子をうかがっていたのか!?

しまった、前衛がブラックリザードに突進した隙《すき》を狙われた。

フェザーフロッグも魔術に強い。ただ、接近戦はブラックリザードには遠く及ばない。
どちらかといえば弱いモンスターだ。
それでも、イライザたちに向かわせるわけにはいかない。
フェザーフロッグは、ちょうど僕たちの真上を飛び過ぎようとしている。
「させるもんかぁ!!」
僕は声を張り上げ、腕を振り抜いた。
血の枝の一つが、投げ槍のように宙を飛ぶ。
ざしゅりとフェザーフロッグの翼に当たる。
体勢を崩したフェザーフロッグが、そのまま地面へと落下する。
「ケロ、ゲロロロロッ！」
ブラックリザードはもう半死半生だ。
動きが止まったフェザーフロッグに、僕は血の枝を思い切り向ける。
距離が近いが、構わない。
ブラックリザードよりも容易《たやす》くフェザーフロッグの肉を裂《さ》いていく。
しなやかに血の枝が唸《うな》り、フェザーフロッグの青い血が派手に飛び散る。
間もなく、イライザたちも攻撃魔術をフェザーフロッグに浴びせかけた。
魔術には強いが、裂けた肉には効果的だ。
すぐに、フェザーフロッグは動かなくなる。

モンスターの血に塗れたが、一人もけが人を出さずに済んだ。

ブラックリザードも、騎士たちが止《とど》めを刺していた。

よかった。僕はひと息ついた。

「よし……休もうか……」


一晩明けて、さらに荒野を走っていく。

土地が痩《や》せているためか、モンスターの数は多くない。

ヴァンパイアも追ってきてはいなかった。

王都から離れて三日も経つ。

いくらなんでも、アラムデッド王宮では大騒ぎになっているはずだ。

それでも、追跡されているようには思えない。

僕たちを見失ったのだろうか？

そうならありがたいが、油断は禁物だ。

エルフの居住域を越えれば、ディーン王国は近い。

逆に言えば、そこまでは追われてもおかしくないのだ。

ぐらりと、馬に乗るイライザの身体が揺れる。

ひと通りの訓練を受けているとはいえ、イライザは宮廷魔術師だ。

荒野を駆けたり、数日ずっと馬に乗り続けることは、想定外のはずだった。

それに、王都の脱出からここまでイライザは働きづめだ。

馬を強化しながら走っているし、武具の整備にも手を貸してくれていた。

今日は、早めの休憩をしたほうがいいだろう。

「みんな、あの茂みで休もう！」

僕は近くの茂みに腕を向けた。

「しかし、今日はまだ先に進むのでは……？」

イライザが案の定、振り返って声をかけてくる。

「いや、追手《おって》の気配もない……エルフの村にも長居はしないんだ。今日は、休もう」

僕はちょっと強めに言った。

フードを被《かぶ》ったイライザが、ちょこんと頭を下げる。

「わかりました……申し訳ありません」

「いいよ……気にしないで」

夕焼けが地平線にかかり、荒野をあやしく照らす。

どこまで行っても不毛の大地だ。

僕が知るディーン王国のどの地方よりも、木は少なく水も乏しい。

あっても、先ほどのようにモンスターが占拠している。

唯一の救いは、モンスターが換金性の高い種類ばかりだということだ。

捨て置くしかなかったが、ブラックリザードの鱗は防具になる。

フェザーフロッグの内臓は、乾燥させれば薬として売れる。
しかし、気を抜けばモンスターに殺されるだろう。
王都を離れ実際に見てみると、エルフの生活は非常に厳しいと実感させられる。
僕は兜を脱いでシーラの様子をうかがった。
見た目には、なんの変わりもない。
でも、僕にはそれが少し不気味だった。
エルフの事情は、シーラやアエリアを通してしかわからない。
僕やイライザは、それを聞くだけだ。
エルフのヴァンパイアに対する感情は、よくはないだろう。
ディーン王国の基準なら、人が住むには値しない土地だ。
煙のない焚き火にあたりながら、僕はイライザの様子を横目で確認する。
やはり、イライザはぐったりと仰向けになっていた。
息を深く吸っては吐いて、胸が上下している。
目は閉じていないが、体力に余裕がないのはひと目でわかった。
僕はイライザの隣に腰かける。
手には焚き火で温めたカップがある。
カップの中は、どろどろに溶けたチョコレートだ。
「これ、飲んで」

「……残り少ない、栄養のある食べ物です」

イライザが小さく手を振る。

僕はカップをぐいっと、イライザの口元に持っていく。

やはり、イライザは遠慮がちだ。

「いいから、飲んでよ」

僕は意図的に眉をつり上げ、押しつけた。イライザは無理をするきらいがある。

仕事には忠実で頼りになるけど、自分のことは二の次にしてしまう。

「……はい」

静かに受け取り、イライザがチョコレートを飲んでいく。

携行食料だ、味はそれほどよくない。

それでも干しパンや干し肉ばかりの数日のなかでは、ごちそうといえる。

少しでも気分転換、体力回復に繋がってほしいものだった。

ふっと見ると、僕の前にシーラが立っている。

なんだろう、雰囲気が違う。

すがるような、今にも泣きそうな声だ。

「お願いがあるのです……村に寄るときなのですが」

シーラが言葉を切る。

言おうかどうか、迷っているようだ。

それだけだけれど、少しわかってしまった。

故郷と――家族とのことだろう。

「……言ってみて」

「村長に……母上に、ひと目でいいから会いたいのです」

膝を曲げて、僕に目線を合わせてくる。

平坦な調子なのは変わらない。

それでも、今までのどの言葉よりも感情がこもっていた。

イライザはそのまま、チョコレートを飲んでいる。

僕に任せる、ということだろう。

「もちろん、いいよ。長くはいられないけど……」

元々は解放するつもりだったのだ。

それに道すがらだ。寄り道にもならない。

「誰だって、家族には会いたいよね」

誰にともなく僕は口にした。

僕の父親は戦死し、母親も早くに亡くなっている。

家族はもう妹だけなのだ。

シーラは多分、一生分の別れをしただろう。

奴隷になるということは、そういうことだ。

会いたいに決まっていた。

「んんっ⁉」

アエリアが干し肉をくわえながら、ちらちらとあたりを見回す。

シーラとイライザも、ほぼ同時に何かに反応した。

「……周りに、誰かいます」

イライザが声をひそめ、伝えてくる。

ついにヴァンパイアが来たのか。

夜とはいえ、こちらも相応の感知力がある。

僕はかたわらの剣に手をやる。

一気に僕たちの間に、緊張がみなぎる。

その中でシーラが、目を閉じながら立ち上がった。

腕を広げて迎え入れるようだった。

戦闘態勢に入っていない。

「……エルフです。取り囲んでいるのは」

エルフなら穏便に済ませなければならない。

僕は小さな声でシーラに、

「僕たちに敵意がないことを伝えられる？」

「……できます」

シーラは目を開くと、ゆっくりと夜空を仰ぎ見た。

歌劇を演じるように、澄んだ声が響く。

「私はオリーブ杖《づえ》の長の娘、シーラです。わけあって故郷に立ち戻りました。パンを奪い合うつもりはありません、分け合いましょう」

自己紹介と来訪の目的を、シーラは端的に歌い上げた。

エルフならではの口上なのか。

イライザも緊張したままだけれど頷いている。

すぐに闇の中から反応があった。

「シーラ……！　本当にシーラですか!?」

抑えこまれた表情、それに焚き火の明かりを反射するような金髪だ。

年齢は二十代の後半くらいだが、苦労の陰が差していた。

どことなくシーラに似た女性が、馬に乗って暗がりから姿を現した。

騎乗した数人のエルフが続いてくる。

どうやら、シーラを知っているエルフたちらしい。

よかった、これで争いにはならない。

僕は息を深く吐いた。

「ああ、シーラ……！」

女性が感極まって口を手で覆う。

まさか、この女性が⁉

「母上っ！」

「これは……現実ですか……？　夢では……‼」

答える代わりに、シーラが飛び下りるように馬から下りた。

いつもの無表情は、そこにはなかった。

体いっぱいに跳ねて、嬉しそうに女性に抱きつく。

女性もそれを力強く受け止めた。

しばらく誰も身動きしない。

吹きつける風の音と、馬のいななきだけだ。

奴隷になって生き別れた娘と再会できたのだ。

二度と会えないのが、普通のはずだった。

それが、会えたのだ。

邪魔する人間はいなかった。

「二度と、二度と会えないと思っていました……それが、まさか……」

しばらくするとシーラへの力を緩めて、女性が僕たちに向き直る。

「名乗るのが遅れました……私の名前はシェルムと申します。あなたがたは？」

涙ぐむシェルムが、僕たちの素性を問う。

「ディーン王国のジル・ホワイト男爵です」

ためらうことなく、僕は名乗った。

エルフたちも護衛たちも、一様にぎょっとする。

隠すよりも、身分を明らかにしたほうがいいだろう。

どのみち、通行の許可と食料の件がある。

「確かに……王都の婚約パレードで見ましたぞ」

一団のうちの一人が、声を上げる。

エリスとの婚約パレードを知っている人がいた。

シーラも同意するように頷いていた。

しかし、シェルムには大きな戸惑いと決意が混じっていた。

「……まずは、村へ案内しましょう。そこでお話しいたします」


用意を整えて、エルフの後ろについていく。

アエリアはエルフのなかにあって気まずいのか、縮こまっている。

警戒網もそれとなく伝えて、回避しなければならない。

それまでに比べれば、かなりゆったりとした進み方だった。

それでもエルフたちは、モンスターの縄張りをよく把握していた。

シェルムは村長だが、村一番の魔術師でもある。モンスター狩りにもよく出かけているらしい。

今日も、シェルムは率先して狩りに出ていたのだ。

丸一日くらいだろうか、エルフたちと荒野を行くと谷へさしかかった。
両側は鋭く切り立った崖だ。
岩肌は剥きだしで、草もほとんど生えていない。
砂埃が舞い、黄昏《たそがれ》が広がる。
空の下には小さな月が浮かんでいた。
「ああ……!」
シーラが懐かしそうな、感嘆の声を漏らした。
荒涼とした先に、いくつものわらぶきの家が照らされている。
村は、谷のなかでも広がったところにあった。
家屋の数は、百もないだろう。
人口は数百といったところだ。
木造だけでなくレンガなどもある。
しかし、王都で見たような装飾はない。
簡素なつくりだった。
まだ先の村の入り口には、番人が数人立っている。
もっとも、入り口といっても門らしきものはない。
乗り越えられるほどの低い木の柵があるだけだ。
「どうぞ、中へ……本当に大したものはありませんが」

村長のシェルムに先導されて、僕たちは村の中を進む。
谷に太陽が隠れつつある。
威圧しないよう、入り口で馬は預けてきた。
なるべく険しい顔をせず、朗らかに歩いていく。
シーラは、シェルムと手を繋ぎながらだ。
しかし村の中に入るとよりいっそう、生活の厳しさを感じる。
暗くなりつつあるが、たいまつの類いが少なすぎる。
色あせてつぎはぎだらけの衣服も、ディーン王国では最下級の農民が着るものだ。
村のエルフたちも、好奇心や警戒心よりも不安の色が濃い。
日々生きることに力を使い果たしている表情だ。
武装している僕らを追い出すことよりも、追い出されることを恐れているのだ。
「どうぞ、村の会堂になります……」
シェルムは村一番の建物に僕たちを誘う。
それでも二階建ての木造だ。
王都でいえば、中級の宿屋くらいなものだった。
通されたのは二十人くらいが座れる食堂だった。
それだけの収容人数でしかないのだ。
促され、僕たちは入り口近くに着座する。

シーラだけはシェルムの隣に座った。

「さて……まずはご来訪をありがたく思います。しかし、ここでは満足なおもてなしもできません」

シェルムは顔を伏せ、テーブルを見つめている。

少しの間、シェルムは迷った様子だ。

しかし、シーラの髪をひと撫ですると意を決したように話を始めた。

「これはお伝えしておくべきでしょうね……。シーラとの巡り合わせを無にするわけにはいきません。……実はエルフの村々で、不穏な気配があるのです」

遠回しだが、その意味するところを僕は明白だ。

今のタイミングで不穏、ブラム王国の動き——つまり反乱の計画だ。

アエリアが真っ先に声を上げる。

「ふぁっ⁉　正気ですか⁉」

シーラのような奴隷の差し出し、さらに貧しく厳しい環境だ。

ディーン王国でも、反乱が起きて不思議ではない。

それより、事態の動きが急すぎる。

僕は言葉に出す前に息をひとつ整えた。

確信めいたものがある。

婚約破棄からすべての動きが、繋がっている。

「……ブラム王国から、働きかけがあったのですね？」

シェルムが小さく頷く。

「動きがあるのは、ブラム王国近くの村になります。信じてもらえないかもしれませんが、この村には接触はありませんでした……」

この村はディーン王国に近すぎるし、シェルムの娘はアラムデッド王国に渡っている。人質のようなものだ。

アラムデッド王国に対して反乱を起こせば、シーラが死ぬことになるだろう。

それにここで僕たちを迎い入れたことからして、シェルムは反乱に乗り気でないのだ。

「このあと十年はブラム王国に近い村から、王都へ人を差し出さなければなりません。それが大きな理由でしょう……」

前に聞いたときは、定期的に一人差し出すのが決まりだと言っていた。

シーラは契約魔術もかけられて、今も完全な奴隷だ。

自分の子どもを喜んで差し出す親はいないだろう。

シェルムも、身を裂かれる苦しみのなかで別れを決めたはずだ。

子どもを差し出すのが近づいたとき、ブラム王国から誘いがあったら。

ヴァンパイアの支配から独立する好機に他ならない。

村の様子を思えば、エルフの村々だけで反乱が成功する見込みはない。

それほど貧しいし、今は僕がアラムデッドに婚約者として身を寄せている。

同盟国の内乱を、ディーン王国は放置しない。

もしエルフが大規模に反乱を起こしても、ディーン王国に背後を突かれて終わりだろう。

しかし、今はあまりに不確定要素が多すぎる。

「ジル様は、これからディーン王国へと戻られるのですね？」

「はい……そうです」

僕の事情は把握しているようだ。

当たり前か、あの盗賊ですら知っていたのだ。

さすがにその程度の情報網はあるようだ。

みんなの視線が、僕に注がれている。

この話で次の動きをどうするか、決めなければいけない。

ただ、この村にエルフは数百人いる。

僕たちだけでどうこうするのは、全く現実的ではない。

ブラム王国へ味方するエルフのことを伝えるために、アラムデッド王都に戻るのは馬鹿げてる。

とどまるのも賢明とは思えない。

ブラム王国へ味方するエルフが、僕たちを黙って見てはいないだろう。

そもそも、全容がつかめていないのだ。

当初の予定通り、ディーン王国に向かうしかない。

エルフの村の間で、できることは何もない。

「僕たちは、明日にはここを去ります……。それと対価は払います。食料を分けてくれませんか？」

「それは……構いませんけれども……」

シェルムも歯切れが悪い。

そうだ、僕にこんな話をする理由がある。

不穏な気配がかたちになるのに、もう時間がないのだ。

エリスの話では、もうブラム王国軍が動いている。

「……明日、私たちの会合が近くであるのです」

「その前に……立ち去ります」

関わるのは得策ではない。

そうだとはわかっていても、僕にはじわりと苦いものを感じる。

ヴァンパイアから逃れたと思ったら、ブラム王国の魔の手がちらついた。

想像以上に、ブラム王国の計画は根が深い。背中に汗が流れる。

僕は判断を間違ったかもしれなかった。

◆　◆　◆　◆

ジルがシェルムの村へと到着する、少し前——。

太陽が頂点に達し、熱気が大地を焦がしている。
峠道は、ブラム王国の騎士で埋まっていた。
ブラム王国との国境に接するアラムデッドの砦《とりで》が、燃えている。
もとより大国のブラム王国と接している砦である。
打って出る拠点ではなく、守りのみを考えられていた。
それでも、歴戦のリヴァイアサン騎士団の前には無力に等しい。
ブラム王国の国力はアラムデッド王国の数倍、人口でいえば十倍を超えている。
その上、リヴァイアサン騎士団は全員が戦闘系のスキルを所持しているのだ。
突然襲いかかる騎士を前に、奮戦も意味をなさない。
一時間に満たない攻防戦で砦は陥落していた。
「昼間のヴァンパイアは弱いんですねぇ。フィラー帝国のほうがよほど強いぜ……」
ヴァンパイアの血で濡れた槍《やり》を掲げながら、緑に輝く鎧の騎士ギリウスが呟く。
軽い声ではあるが、若さはない。
魔術が張り巡らされた槍と鎧は、超一流の騎士だけが身に着けられるものだった。
「……我々が強すぎる、それだけだ」
黒い髪をなびかせながら、ミスリルの軽装鎧をまとった女性騎士が前に出る。
盾も兜もなく、細身の剣を腰に差していた。
警戒することもなく、二人は砦の司令室へと一直線に向かっている。

すでにアラムデッド軍は追い詰められていた。

砦に残っている者は、わずかな決死の兵しか残っていない。

騎士団の半分は、逃亡者の抹殺に全力を傾けていた。

通路の奥から、覚悟を決めた一人のヴァンパイアが飛び出してくる。

しかし、剣を交えることさえもない。

一瞬の後に、ヴァンパイアの首が宙を舞っている。

剣を抜き放つ動作もなく、一撃で終わっていた。

緑の騎士が口笛を鳴らす。

「団長の剣閃《けんせん》は相変わらず見えないなぁ……恐ろしい」

「世辞はよせ、ギリウス……私は所詮、親の威光で団長になっただけだ」

クロム伯爵の妹ロア団長は、そのまま足早に進んでいく。

緑の騎士ギリウスは敬意を隠さずに言う。

「またまた……謙遜がすぎますぜ」

リヴァイアサン騎士団の最強の二人の前には、ヴァンパイアでさえ足止めにはならない。

二人はそのまま司令室へと乗りこんだ。

広い部屋内には、死の匂いが充満していた。

不吉の魔力が渦巻いている。

部屋の中には、一人の黒い魔女が座していた。

退屈そうに杖《つえ》を眺めている。
「はぁ……さすがリヴァイアサン騎士団ですね……時間通りです」
そこここに、ヴァンパイアが倒れ伏している。
外傷も臓物の匂いもないが、死んでいるようだった。
砦の重要書類は、すでに漁って机に並べられていた。
黒い魔女は意に介さず、二人に目を向けることもない。
いつもながらの、心ここにあらずというふうだ。
これで大魔術師というのだから、たまげたものだった。
「大司教殿……クロム兄様は、どうであった？」
冷たく厳しい声で、ロア団長が問う。
やっと黒い魔女は、二人へと向き直る。
気だるげな声は、いささかも変わらなかったが。
まぎれもない戦場であるはずなのに、場違い極まりない。
「……まぁ、完全に死んでおられました……」
ロア団長の身体から、怒気が放たれる。
肉親であるロア団長に対して、あまりに気のない言葉だ。
ギリウスは、兄であるクロム伯爵の話をよくするロア団長を思い出していた。
クロム伯爵とロア団長は、非常に仲が良かったようだ。

クロム伯爵は好色で有名だったが、どうであれ女に憎まれる男ではなかった。

多くの女性に好かれたため、男に嫌われる。

クロム伯爵はそんな貴族であったと、ギリウスは記憶していた。

「……礼を失しているぞ、大司教殿」

「そうですか……はぁ、俗世の礼儀作法には疎《うと》いもので。申し訳ありません……」

ギリウスが、ため息をつく。

事前の顔合わせでも、この二人は水と油だった。

さっさと話を前に進めたほうがいい。

どうせ王命だ、不仲であっても遂行するしかないのだった。

「それで、事前準備は済んでいるんですかい？」

「もちろんです……秘石のために、この数百年を待っていたのですから」

ゆらりと黒い魔女が立ち上がる。

魔力が一陣の風となって部屋を巡った。

嵐の中にいるかのような、強烈な魔力だ。

倒れ伏していたヴァンパイアが、奇妙に震える。

関節の音を鳴らして死者たちが立ち上がった。

「恐ろしい術だな……」

不快感を交《まじ》えつつ、ロア団長が言い放つ。

ギリウスも同意であったが、言葉にする勇気はなかった。

「はぁ……しかし、これしか芸がないもので……」

黒い魔女は、悠然とロアとギリウスに歩み寄ってくる。

「ここから王都まで一直線、立ち止まることも後戻りもできんぞ」

「……問題は、ありません。王都の近衛騎士はよろしくお願いしますね」

「そりゃいいが……本当にアルマ宰相を任せていいので？　あの女は危険ですぜ」

アルマ宰相は今でこそ戦場に出ることはないが、建国からしばらくは前線に立っていた。

そのときの強さは、今では生ける伝説として各国に残っている。

他に知れ渡っているのは、軍務大臣のミザリーだ。

ブラム王国の前線に立ち、幾人もの名の知れた騎士を討ち取ってきた。

「……アルマの手の内はわかっています。後れはとりませんとも」

これまでにないほど語調を強めて、黒い魔女が強調した。

背の高い女性だ。ロア団長よりも頭一つ以上大きな体格をしていた。

「エルフの動きはどうだ？」

「……ああ……ヴァンパイアが恐ろしいのか、思いのほか鈍くて……どうしましょう？」

「エルフは作戦に必須ではないが、窮すれば王都の守りにつくやもしれない。味方にしなくても、釘《くぎ》付けにしておくのがいい」

「はぁ……確かに。では、使いを出しましょう」

「忘れるなよ、貴殿らの教主は我がブラム王国の手中にある」

「あなたがたに、我らが教主を殺せるのですか……？　夢を摘み取りはしませんが……」

黒い魔女は、のっそりと司令室を出ていく。

青白い顔のアンデッドたちも、彼女に続いていく。

不気味な集団と言わざるをえない。

ギリウスは、書類を机から拾い上げた。

二人ともアンデッドから距離を取って、司令室を出る。

間もなく、先ほどロア団長に首をはねられた死体があった。

自分の首を持ち、不自然に歩いていく。

「……クロム兄様……兄様のためにも……」

ロア団長が一瞬、天を仰いだ。

もとより、失敗が許されない任務である。

しかしそれ以上の執念がロア団長に宿るのを、ギリウスは感じ取っていた。

◆　◆　◆　◆

エルフ村での食事はある意味、想像通りだった。

塩味がきつすぎる肉、豆の薄いスープが晩餐だった。

静かな、情報を交換しながらの食事だ。

この村は今、北に住むエルフから警戒されている状態らしい。

「アルマ宰相から課された税は、ほとんどないのです……王都に何かを献上できるほど、豊かでもないですし」

シェルムはエルフがなぜこの地に住まうのかと問われて、ゆっくりと答えた。

「定期的に見込みのある子どもを引き渡す。それ以外には、かなり自由にできます……。他のヴァンパイアも、モンスターや宰相を恐れてあまり姿も見せません」

聖宝球がない代わりの苦しい自由だ。

それでも、いつか豊かになるのを夢見てエルフたちは暮らしてきた。

しかし、不満は募っていく。

終わりのない貧しさ、奪われる子ども、どちらも希望をなくしていくのに十分だった。

食事が終わり、僕は通された宿泊部屋へと行く。

すでに窓の外は真っ暗だ。

鎧や荷物の点検が終われば、やれることはそれほどない。

椅子に腰かけ、僕は少し力を抜く。

ここ数日の旅で、体が休みを求めていた。

でも、明日はまた早くから出発するするしかない。

エルフの反乱に巻き込まれれば、帰国どころではなくなってしまう。

そういえば、小さいが魔力を含む温泉があるとシェルムが口にしていた。
ささやかな水浴びで身体をきれいにするにも、限度がある。
一度さっぱりするのも、いいかもしれない。
僕は護衛に伝えて、建物裏の温泉へと向かう。
ディーンにも温泉はあるが、気分転換としては最高なものの一つだ。
しかも魔力を含むなら、相応の効力がある温泉ということだ。
物資が少ないこの村のエルフにとっても、重要な娯楽だ。
向かった先は、木のついたてに囲まれた一角だった。
一度に入れるのは五人くらいだろうか。
本当にこぢんまりしたものだ。
ついたてを見ると、ある程度の防音の結界は張ってあるらしい。
魔力の脈拍を感じ取れた。
かごに布がかけられて置いてある。
もう先客がいるみたいだ。
僕も魔術防護の装飾品やらを外していく。
剣とエリスから渡された金の首飾りだけは、念のため持っていくけれども。
「んん……この気配はっ！」
ついたての向こうから声が上がる。

アエリアが入っていたのか。

「ジル様、やっぱりジル様ですねっ」

声が段々と近くなる。

ついたての扉が開き、布を身体に巻いたアエリアが飛び出してくる。

僕は、唖然としてしまう。

いくらなんでも、慎《つつし》みというものが……。

「遠慮はいりません、一緒に入りましょうよ！」

「いや、それは……」

駄目でしょ、年ごろの男女だ。

「かわりばんこだと、時間かかるじゃないですか。一度に入ったほうが効率的ですよ？」

「どう考えてもまずいでしょ……」

僕は、たじろぎながら抗議する。

さすがに、男女一緒に温泉に入る勇気はない。

アエリアは胸元を押さえながら、ずずいっと近づいてくる。

布で隠されているとはいえ、ぽよん、とした胸がまぶしい。

そのまま、アエリアの濡れた顔が僕の顔に近づいてくる。

湯がしたたり、すごく肉感的だった。

「……中で話したいことがあるんです。あまり他のエルフの方々には聞いてほしくなくて……」

いつもの声の高さとは真逆に、低い声になった。

ここならエルフ自身の結界がある。

部屋で結界を張るよりも、不審がられはしないだろう。

「それに私はメイドですからね。お背中流しますよ！」

「……いや、それは本当にいい……」

僕は、ふぅと息を吐く。

アエリアなしでは、ここまで来ることはできなかっただろう。

王宮門では特にそうだった。

アエリアの意図を無下《むげ》にすると、ろくなことにならない気がする。

「わかった……けど湯船には一緒に入らないからね」

「は〜い……もう堅物《かたぶつ》なんですからっ」

アエリアは僕から離れると、ついたてのほうを向いた。

あれ……湯船に戻らないの？

「逃げようとしてもわかりますからねー……」

そんなつもりはなかったけれど、アエリアが近くにいるのでは捕まるだけだ。

うーん、アエリアには押されっぱなしだなぁ。

僕は手早く服を脱ぎ、布で身体を隠す。

終わると同時に、アエリアがくるっと向き直ってきた。

「さ、いきましょう！」

手を握られ、そのまま引っぱられる。

もう夜だ、ヴァンパイアの腕力にはかなわない。

金飾りと剣を手にして、ついたての扉を通る。

岩の間に湯が張られて、もうもうと湯気が立ちこめている。

ディーンと同じような岩間の温泉だ。

一人じゃないのがあれだけど、よさそうな感じだった。

「……ようこそ、ご主人様」

「うわっ!?　シ、シーラ!?」

湯気の中に、ひっそりとシーラが立っていた。

シーラも、布で体を隠しながらだ。

とはいえほっそりとした体つきと、湯気にあたった髪が艶《なまめ》かしい。

「ご主人様……早くいきますです」

「ちょっ、ちょっと!?」

「あ……シーラちゃん、一緒はだめみたいですよっ！」

空いてる片腕をシーラに取られそうになるのを避けて、僕は温泉からちょっと離れた岩に腰かけた。

よかった。この二人だと、とても勝負にならない。

僕が座ったのを見ると、アエリアが足元に来る。

どことなく普段とは違って、しおらしい。

「ジル様……私、謝らなくちゃいけないことがあります」

謝られるようなことは、僕の記憶にはないけれど。

「アルマ様にスキルを教えたことです……ずっと気になってました」

ああ、そのことか。

アエリアは、ぺこりと頭を下げた。

「ごめんなさい……秘密にするのがマナーなのに」

相手があのアルマじゃ、仕方ないだろう。

あの底知れない人にかかったら、アラムデッド人では逆らえない。

「……それはわかってるよ。相手が相手だし」

「はい……今回ついてきたのも埋め合わせがしたくて」

アエリアが、そのままさらに身体を寄せてきた。

僕の膝のあたりに彼女の顔が来る。

柔らかそうな頬が、僕の膝に当たりそうになる。

アエリアは僕の膝をつかむと、体を起こしてきた。

一気に、僕の胸近くにアエリアの顔が近づいてくる。

濡れた髪のしずくが、僕を覆う布に落ちていく。

「話したかったのは……エルフの計画のことです」

アエリアの声は、かつてないほど真剣だ。

「もし、エルフが反乱しても勝てるわけないですよね？　それどころか、ブラム王国と繋がってただけで厳罰を受けるはずです」

「それは……その通りだ……」

エルフの全員が反乱に参加しても、勝ち目はほとんどない。

わずかな間なら、優位には立てるだろう。

だが、王都外のアラムデッド軍が集結すればそれも終わりだ。

せいぜい一カ月程度で鎮圧されるだろう。

ブラム王国が大きく動けば、ディーン王国も応じて動く。

婚約破棄になっても、アラムデッド王国がブラム王国の傘下に入ることなど認められない。

もとは中立地帯のようなものだ。せっかく同盟が結ばれるのに、意味がなくなる。

ディーン王国は、なんとしてもブラム王国の侵攻を食い止める。

どれほど長引くか決着がどうなるかは見通せないが、二カ国と戦い続ける力はブラム王国にはないはずだ。

最大限にうまくいっても領土の切り取り、多少の略奪、要人の暗殺程度だ。

アラムデッド王国全土がブラム王国の支配下に置かれるわけがない。

エルフはどこかで切り捨てられ、総攻撃を受けるだろう。

残酷なヴァンパイアが、反抗したエルフに対して容赦するとは思えない。

「私の公爵家は、エルフとも交易しています。おこがましいかもしれませんが、見過ごせません」

アエリアがため息をつく。

ヴァンパイアらしからぬため息だ。

「……私の内にあるのは、やっぱり血を求める本性です。ジル様の血は美味しいですし……でもエルフたちにこんな生き方をさせるのは……間違っています」

一段とアエリアが顔を寄せる。

アエリアは、イライザとも仲がいい。

多分、アエリアがディーン人の気質に近いものを持っているからだ。

それにアルマに対する反発心もなければ、案内役を買って出ることもないだろう。

「たまに戸惑うんです、自分のこともヴァンパイアのことも……。ほとんどのヴァンパイアは西のエルフのことなんて、気にしないでしょうけど。……私はすごく嫌です」

アエリアは言葉を切った。

気持ちは、痛いほどよくわかる。

僕も、契約魔術がなければシーラをすぐに解放した。

この数日間を見れば、エルフが反乱しても仕方ないのはわかる。

しかし、僕たちにできることは何もない。

このままエルフの情報だけを持って、ディーン王国に向かうしかない。

いや、違う。
まだほんの少しだけ、僕にできることがある。
「もう一歩……踏み込めるのか」
僕の脳裏に危険な考えが浮かんだ。
遠回りにもなる、成果はないかもしれない。
それでも、やれることが皆無ではない。
乗りこむのだ、僕がエルフの会合に。
でもそのまま行っても駄目だろう。
ブラム王国への手土産として殺されるだけだ。
もう数手あれば、危険をかなり減らせるけれど。
僕は頭の中で急いで計画を組み立てる。
危険の意味、得られるものを天秤にかける。
「気がつかれましたか？」
アエリアの瞳が潤んでいる。
そう、僕にできることはあった。
「……言いたいことはわかった……」
イライザの力を借りれば、僕はエルフに変装できる。
ヴァンパイアの衛兵でも見抜けないほどだ。

ばれる危険は少ない。
シェルムの供として同席できれば、会合での発言権もあるだろう。
うまくすれば情報を得るだけでなく、反乱を思いとどまらせることができる。
ただ、当然危険だ。
ディーン王国と繋がりがあるとわかれば、この村の立場はさらに悪くなる。
最悪の場合は、シェルムともども殺される。
しかし、情報だけでも利益は大きい。
ディーン王国軍がアラムデッドへ行くなら、僕のこのルートを使いたいはずだ。
エルフの村を通れるのか、通れないのか。
ブラム側への内通者がいるのか、いないのか。
それが少しでもわかれば、遥かに動きやすくなる。
その後の展開が、かなり違うものになる。
もちろん、会合でブラム王国への接近を止められれば最上だ。
完全にブラム王国の裏をかける。
ディーン王国人として――申し分のない働きだ。
爵位の昇格もありうる大功だろう。
シーラが湯気の中、僕に近づいてきた。
肌が桃色に染まり、目に力がこもっていた。

「……ご安心くださいです、ご主人様は私が守ります」

「その……僕はご主人様じゃないんだけど……」

「いえ、そう呼ばせてくださいです」

シーラが片膝を立てて、ひざまずいた。

「身勝手なお願いなのは、わかっています……。それでも母とこの村、そしてアラムデッドのエルフ全てのために……！」

僕には僕の利益があり、動機がある。

エルフの動向を見極めるのは、ディーン王国の利益にかなう。

ブラム王国が動くのならば、なおさらだった。

僕がアラムデッドから逃げたのは、ヴァンパイアに拘束されてディーン王国の足手まといになりたくなかったからだ。

貴族たるもの、国の礎《いしずえ》となるべきだ。

それが民のためにもなる。

とはいえこの計画は、イライザの協力なしには不可能だった。

「……あとは認めてくれるか、どうかなぁ」

利があるのは明らかだと思うが、僕の話し方次第だ。

僕は温泉を出ると手早く着替えて、イライザの部屋に向かった。

正面から話をするしかない。

ひと呼吸して、僕はイライザの部屋をノックした。

イライザの部屋も、僕と似たり寄ったりのそっけなさだった。

荷物のいくらかは部屋で開けられている。

イライザは僕の様子を見るや、簡単に結界を張った。

聞き耳程度は防いでくれる。

椅子に座り、僕は『計画』を話し始める。

変装して行くこと、うまくすればエルフたちの議論に加われることだ。

イライザは何も言わず、頷《うなず》きながら聞いてくれた。

ひと通りの話を聞くとイライザはベッドに腰かけたまま、うつむいた。

「ジル様、私は……反対です。そこまでする必要があるのですか？」

あえなく反対されてしまった。

「宝石を持って帰ればお金になるはずです。エリス王女の書状があれば、ディーン王国も多少は動きやすくなります。それで……終わりではないですか」

「……でも、エルフの動向は重要だよ。本当に危険そうなら、余計なことはしないし」

ほんの数時間の遠回りで、貴重な情報が得られるかもしれない。

あるいは、本当にうまくいけばエルフたちの反乱にも影響を与えられる。

「本当のことを……言ってください」

イライザが立ち上がり、僕に向かってきた。
ほんの少しだけ、苛立《いらだ》っているようだ。
「ジル様はなにを感じて、そんなことを……？」
イライザが屈《かが》んで、僕を見据える。
目と目とが、同じ高さになる。
感じている、か。
僕の心は揺さぶられていた。
建前でなく、本音をイライザは求めていた。
理由ではなく、感じたままを。
婚約破棄からここまでの旅、僕のありようを聞きたがっていた。
「僕は……」
イライザの瞳は真剣そのものだ。
ごまかすことなんてできなかった。
僕は、拳《こぶし》は握りしめる。
初めて口にする言葉だ。
言いたくないけれど、それだとイライザは納得しないだろう。
それに、イライザならわかってくれるかもしれなかった。
甘えと言われれば、そうだろう。

愛想をつかされるかもしれない。

それでも妹を除けば、口にできるのはイライザしかいなかった。

言葉にすれば、認めることになる。

それがつらい。

でもイライザが聞きたいのは、それだと直感していた。

「……もう負け犬は、嫌なんだ。逃げたくないいんだ」

心が、ずきりと痛む。

それでもしっかりとひと言ずつ力をこめて、僕は言った。

「エリスから婚約破棄をされて、ヴァンパイアに囲われそうになるのを逃げて……エルフから逃げれば、三度目だ」

手切れ金として渡された金飾り、今は僕の首にかかっている。

僕は、シャツの下にある飾りを指でなぞった。

「自分が……情けない。許せなくなりそうなんだよ……」

イライザの瞳は、動かない。

僕は初めて、心の奥底を絞り出していた。

妹にだってこんな自分は、見せたことはなかった。

声がうわずっているのが自分でわかる。

半分、泣きそうになっていた。

「僕がこのままディーンに戻ってエルフが反乱すれば、エルフはたくさん死ぬだろう。所詮、ブラム王国に利用されているだけだ」

「……そうでしょうね」

「やらせてほしい。できることが、まだあるんだ。僕には……僕だからやれることがしたい」

僕は視線を下げた。

彼女の顔を見られなくなっていた。

イライザが近づく気配がして、僕はそのまま抱きしめられた。

優しく、僕の体を包みこむように。

「わかりました。負けるのは、負け続けるのは嫌ですよね……」

「……イライザ？」

僕を抱きしめる力が、少し強くなる。

イライザの声も震えていた。

「私も、ずっとエリス王女に負けていましたし……」

「…………っ！」

「もし単にエルフを助けたいだけ、ディーンのためになりたいだけなら……反対です」

つとめて静かに、イライザが僕の耳元で言う。

「でもジル様がどうしても、そうしたいなら……心の底からそうしたいなら、私は手助けするだけです」

「……うん」
僕は、イライザをそっと抱き返した。
僕よりちょっと年上で、頼りになって、しなやかに強い人だ。
「無茶はしないでくださいね……それだけは、約束してください」
「もちろん、わかってる……」
父が死んで、僕は覚悟を決めた。
妹と家のために生きようと。
だからこそ、僕はできることはなんでもしたのだ。
アラムデッドに来たのも、それが理由だった。
故郷から離れて婿養子になるのだ。
結局、何もまともにはできていない。
今もディーンに戻る途中だ。
断ち切りたい。
それが一番だった。
確かに感じるイライザの体温が、僕を温めてくれている。
本当にいい人が、僕の側《そば》にはいた。
意味がなくても、危険であっても、一人でできなくても。
何か、何かしたかった。

ただ立ち去るだけじゃなくて、関わりたかった。

勝手な思いだけど、イライザは受け止めてくれた。

情けないような、ほっとしたような。

僕は、イライザに深く感謝した。


イライザの協力は、とりつけた。

情けないところも見せてしまったけれど、仕方ない。

次は、シェルムの許可を得なければならない。

だが、これはそんなに難しいことではないと踏んでいた。

僕とシーラの二人で、シェルムに会いに行く。

夜は更けていたが、シェルムは快く応対してくれた。

この『計画』の成否は、シェルムの行動にかかっていると言っていい。

僕の『計画』を聞くと、彼女は目を見開いて息を呑んだ。

「……効果はあると思います。ちゃんとエルフに変装できるなら、ですが」

「参加者全てが反乱に賛成というわけではない、ということですね」

少しだけ居心地悪そうにしながら、シェルムは頷いた。

シェルム自身も、反乱には賛成ではないのだろう。

「ブラム王国の接触がない、私の村も呼ばれています。多分、反乱賛成派による説得会のようなもの……になるでしょう」

「迷っている村もかなりある、と」

「はい……ブラム王国が接触したらしいのは、特に血気盛んな村だけです。全体の割合としては、私の村も含めて三分の一は乗り気ではありません」

残りの三分の二が、不穏な気配を見せているということか。

反乱派にとっては、総戦力の三分の一を失いたくないはずだ。

必死になって呼びかけてくるだろう。

とはいえ、一枚岩ではないのはわかった。

「シーラは神童として多くの村で有名でした。……娘が戻ったのを知れば、多少の迷いが出るはずです」

厳しい環境と奴隷、それが反乱の動機だ。

奴隷であったシーラの帰還は、エルフにとっても重要な情報になるはずだった。

「ご主人様と母上と私、その三人なら会合に入れるはずなのです……母上が認めてくだされば」

シーラがシェルムの手を握る。

娘が母親を見上げ、

「シーラ、私は……」

「……お願いします、母上」

シェルムはふっと微笑む。

そして、シーラの髪をそっとすくい上げた。

「あなたを手放したのは……村とエルフ全体のためと、ずっと言い聞かせてきました」

そして、シェルムは僕を見つめた。

親としての覚悟を、僕は感じた。

「そんなあなたが、エルフのことをまだ考えていてくれるのなら……私は止めません」

そう言うと、シェルムは僕に頭をすっと下げた。

「私のほうからお願いします……ジル男爵様。どうか力を、お貸しください」

僕のほうこそ、シェルムの助けが必要だった。

僕もしっかりと頭を下げる。

「こちらこそ、力添えをお願いします……！」

第五幕　生きる者の正義のために

翌朝イライザに変装を手伝ってもらい、僕たちは会合場所に向かった。
村から馬で小一時間くらい行くと、高台がある。
空はかなり曇っており、心をざわつかせる。
直接向かうのは、シェルムとシーラとエルフに変装した僕だ。
イライザ、アエリアと護衛はかなり離れたところにいてもらう。
会合場所の高台には、魔術文字が刻まれた灰色の石が立ち並んでいた。
一つひとつが人の背丈くらいだ。
「あの石の近くでは、魔術が弱まるのです……モンスターも近寄りません」
シーラが小声で指し示す。
エルフは魔術が得意だ、お互いの身の安全もあるのだろう。
すでに多くのエルフが集まっていた。
遠くの村から来るエルフは、前日に到着するようにしていたらしい。
くすんだ色のテントが張られ、緊張感が漂っている。
シェルムの話では四十の村から、およそ七十人が集まるとのことだった。
余力のない小さい村は、人数も送れない。

それに、もともと参加しない村もあるとのことだ。

「エルフの総勢は、大体二万人……その行方が決まるのです」

従者を含めて高台に集まったのは、数百人程度だった。

通り過ぎるエルフの顔に浮かんでいる表情は、様々だ。

今にも剣を取って飛び出しそうな人、疑り深く周囲を見回す人、ばらばらとしか言いようがない。

高台に近づくにつれ、周囲がどよめく。

どうやらシーラを見て驚いているようだ。

「オリーブ杖の村長シェルム、久しいな……隣にいるのは、まさかシーラか？」

高台に着くとリーダーとおぼしい年をとったエルフが、出迎えてくれた。

シェルムが深々と頭を下げる。

「議長……お久しぶりです。運命の巡り合わせにより、娘と再会できました」

議長はシーラをまじまじと見て、顔をほころばせる。

「まさに奇跡だな……」

議長は、感嘆の息を漏らした。

次に、彼は僕に目をとめる。

「そちらの若者は？」

「親戚のホワイトです。長くディーン王国との付き合いがありまして……有益な知識を提供できるのではないか、と」

ひねりのない偽名だけれど、これなら僕の反応は悪くはならない。

ふむと、議長は腕組みをする。

僕は、商人のように軽い動作で挨拶した。

僕はシェルムの親戚でディーン王国の内情に精通している、という設定だ。

議長はシェルムに、ひそやかに声をかけた。

心配するような、しっとりとした口調だ。

「……シェルム、この会合の意味するところはわかっているな？」

「議長、承知の上です。……その上で連れてきました」

「なら、いいが……ブラム王国の使者も間もなく到着する」

「…………っ！」

予想の一つにはあったが、すでにそこまでブラム王国は動いているのか。

だが、議長の顔にあるのはむしろ困惑だった。

「我々をなんとしても前線に立たせたいのだろうな……。我先に飛びかかるほど血の気が多いのは、一部の村だけだというのに……」

議長は首を振ると、皆のところに戻っていく。

背中はやや曲がっており、苦悶がうかがえる。

「有意義な議論になることを、期待しているよ……」

僕は、声を抑えながら答えた。

「……もちろんです」

僕たちは、シェルムとともに石造りの席についた。

席はすでにかなり埋まっている。

どうやら僕たちは、後発組だったらしい。

会合は始まった当初から、流れが決まっているようなものだった。

というのも、進行がきっちりと決められているわけではなかったからだ。

必然的に人口が多い力のある村長や、まず大声を出す者が喋りだすことになる。

何人かが、すぐに声を荒らげ始めた。

「ブラム王国につけば、ヴァンパイアなど恐れることはない！　今こそ好機！」

「そうだ、あの大国に恩を売るいい機会だ！」

それに対して議長を含む何人かが、度々《たびたび》落ち着くように促した。

議論というよりは、勢いのある人間がまくしたてるだけになっている。

「……話し合い、という雰囲気じゃないね……」

僕はシーラに視線を向けながら、少し失望した。

言葉を挟む機会を待っているのだが、それもなかなか訪れない。

感情論が、場を支配している。

僕が理屈を振りかざしても、聞き入れてくれないだろう。

村長でもない者の僕が許される発言は、多くないはずだ。

ここぞ、というときでないと口を出すのは賢明ではない。
シェルムも黙して動かずだ。
議論そっちのけで説得会になる、というシェルムの読みは正しかった。
このまま多数決でも始まれば、結果をのまざるをえなくなる。
なし崩し的に決起することになるだろう。
体感では、一時間くらいがすでに経過している。
雲の後ろの太陽が、じんわりと昇ってきていた。
手の裏に汗をかいてきているが、我慢だ。
シーラが体を寄せて小声で、
「このまま……聞いているのですか？」
「……ブラムの使者を待とう、議論を挑むならそこだ」
この会合に来るなら、ある程度の餌《えさ》となる条件を持ってくるだろう。
でなければ、来る意味はない。
具体的な話になればなるほど、切り込む余地が出てくる。
「おお、あれを見よ……!!」
突然、会合の参加者が空の向こうを指し示す。
暗い空から段々と黒い影が近づいてくる。
それは、空を飛ぶ騎兵たちだった。

遠目でもわかるほど、重厚な鎧に身を包んでいる。
馬も全身に鎧《よろい》をまとっていた。
蒼《あお》い魔術の粒子を空に散らしながら、一直線に向かってくる。
すぐに重装鎧に全身を包んだ騎兵が二十騎、高台の脇に降りてきた。
馬に、特別の飛行魔術をかけてあるのだ。
それだけでも一団の権威を示していた。
ディーン王国でも、飛行騎兵は百騎程度しか用意できない。
通常は、王命でのみ使用が許される。
ブラム王国の紋章こそないものの、彼らの鎧兜は磨かれきらびやかだ。
ディーン王国の精鋭、僕が連れている護衛の装備と同等かそれ以上だろう。
ゆらめく魔力が立ち上り、大地を踏みしめると金属音が響く。
高台に上ってくる五人のうち、誰が使者かはすぐにわかった。
一人、明らかに別格の鎧をまとっている。
白銀の光沢とともに、魔術文字が青白く浮き出ていた。
鎧に無用な厚みはなく、着ている人間の体格をよく映し出している。
特注で作られた鎧は、財力の証しだった。
ディーン王国でも上位の騎士団長でなければ、まとうことができない逸品だ。
それほどの人物ということだった。

エルフたちも、使者の持つ力を感じ取っている。

使者は会合の場に立つなり、皆を見渡した。

背格好は僕よりも高い。

若い声が会合中に響き渡る。

「まだ剣をとっていないのか⁉　なんとも……時は今、攻めるのにふさわしいのは今日ではないのか！」

そのひと言で、会合が唸りをあげて沸き立つ。

煽動者としての才能があるらしい。

「そうだ、使者殿の仰《おっしゃ》る通りだ！」

「待て、性急だ！　武器や食料は⁉」

各々が思い思いに、考えをぶちまけ始める。

こうなると、収拾がつかなくなる。

もう待てない。僕は立ち上がり、ブラム王国の使者をぐっと指さした。

少し危険だが、声を上げるしかない。

「使者殿よ……まずは名乗ってはいかがです？　私たちの村は、あなたがたと会ったこともない！」

非反乱派にとって、使者とは初対面だ。

シェルムも、目を閉じて頷いている。

エルフたちの熱気のまま、議論を終わらせるわけにはいかない。

使者にまず話をさせて、それに理詰めで反対をする。

そうして、できるだけ反乱を思いとどまらせる。

それが、僕の『計画』だ。

とにかく、冷静にさせなければ。

「ほう……これは失礼をした。ふむ、私の顔を知っている者もいるかもしれんな……。見知っていれば、我が国の真剣さも伝わるだろう」

そんなに有名な人物なのか？

アラムデッドに来たことがある著名な騎士だろうか。

使者はゆっくり兜《かぶと》をとって、顔を見せた。

黒い髪に不自然に土気色だが、整った顔立ちだ。

僕の心臓がどくんと脈打った。

使者は芝居がかった仕草で、優雅に腕を広げる。

「初めまして……クロム・カウズ伯爵だ。ヴァンパイアどもには俺も恨《うら》みがある……エリス王女も待っているのだ。エルフたちよ、俺と共に立ち上がるのだ!!」

忘れるわけがない。

婚約破棄の場に現れた——クロム伯爵がそこにいた。

屈辱が蘇り、足が震えそうになる。

クロム伯爵は、兜を地面に下ろした。

エルフたちの動きが止まる。

クロム伯爵は、ブラム王国の大貴族だ。

アラムデッドでも相当に知られている。

それよりもなぜ彼がここにいる？

死んだというのは誤報だったのか。

あるいは……僕と同じで、姿を変えた他人なのか。

彼の正体を暴こうにも、僕も伝聞の情報しかない。

そこは攻めるべきではなかった。

「私の財力は知っていよう！　すぐに話をまとめれば、これだけの金貨が諸君らの懐に入る……！

さぁ、どうする？」

高台の下にいる騎士が、馬に背負わせた箱を持ってくる。

騎士がのっそりと箱を開けると、黄金が敷き詰められていた。

「おお……な、なんという……」

「まぶしい、なんともまぶしい……！」

まばゆい黄金の輝きは、一瞬でエルフたちを呑み込んだ。

シェルムやシーラ、それに少数のエルフだけが動かない。

「さて、そこの君は……私の提案に不服があるのかな？」

きた、ここだ。

買収程度は、まだ予想の範疇だ。

「ディーン王国がすでに動いています。このまま戦いに向かうのは、賢明ではありません」

一瞬でエルフたちは意識を僕に向け、わめきだす。

そのはずだ。ディーン王国の動きは、反乱の計算外のはずだった。

大前提が崩れる情報だ。もちろん、ディーン王国は動いてはいない。

僕の完全なはったりだった。

「ど、どういうことなのじゃ!?」

「昨日、ディーン王国の人間が私たちの村を通過しました。その方々は、私たちの動きをある程度把握しているようです」

「な……！　どうして止めなかったのじゃ！」

シェルムが、打ち合わせ通りに話を進めてくれている。

村長の言葉だ。一蹴できるわけがない。

激するエルフたちに対して、シェルムがいかにも困ったような声を出した。

「エリス王女の婚約により、ディーン王国とアラムデッド王国は同盟国でございます。書状もありましたし、ひきとめる理由がありません。それとも……会合で結論が出る前にディーン王国の人間を、殺《あや》めてもよかったのですか？」

「そ、それは……しかし、それでは……！」

黄金に目を奪われていた何人かが、居心地悪そうにする。

目が血走った者もまだ多いが、会合に迷いの芽が出てきた。

周囲に知られずに決起しなければ、戦略的価値も半減する。

そもそもエルフの戦力はディーン、アラムデッド両国に比べて小さい。

ディーン王国やアラムデッド王国に待ち構えられたら、勝ち目は薄い。

実際は僕がここにいるわけで、ディーン王国は何も知らない。

しかし、ディーン王国にも近いエルフたちだ。

ディーン王国の勇猛さ、義理堅さは有名なはずだ。

わずかでも背後を気にしてしまうと、動けなくなる。

しかしクロム伯爵は腰に手を当てて、いまだ落ち着き払っていた。

「待ちたまえ、諸君……いくらなんでも、早すぎる話だ。王都からここまでの距離！　おかしくはないか？」

「そ、そうだ！　我々の馬では一週間はかかる。それにどこからディーンが情報を知ったのだ!?」

「……私がいますです」

シーラがすっと前に出る。

彼女を知る者たちは、一斉に息を呑んだ。

「私が途中までの道案内を任されました。私が……どこから来たのか、ご存じの方もいるはず」

シーラのことは、議長もわかっている。

奴隷に出されたこと。そして今、ここにいること。

意味は明白、王都から帰還したのだ。

「シーラ……試練を越えて数年前に王都に行った子だ……」

「……軽々しくヴァンパイアがあの子を手放すはずがない。人質でもあるはずだ……」

悪くない流れができつつある。

シーラがここまで近隣の村にも知られていたとは、運がよかった。

クロム伯爵が、あごを下げて僕のほうに歩いてくる。

彼もこのままでは引き下がれない。

「そして……証拠はあるのかな、君。全て臆病話に吹かれた、作り話ではないのか？」

エリス経由でなければ、これほど早く情勢はわからなかった。

全ての欠片《かけら》が、僕の手元に揃っている。

僕は胸元から金の首飾り、つまり赤く見事なルビーを見せた。

エルフたちの視線が一斉に注がれる。

ひと目でそれとわかるほど高級な宝石だ。

イライザいわく、ディーンの贈り物としても通用するということだった。

「この宝石の付いた首飾りはディーン人が、通行の礼として残していきました。他にディーンの金貨もあります。これで信用してもらえますか？」

エルフたちにいよいよ動揺が走り始める。

エルフの村にあるはずのない品は、大きな説得力があるという見込みは当たった。

もちろん、熱気が冷めきりはしないだろう。

不満や恨みが発端なのだ。それが解消されたわけじゃない。

クロム伯爵は、僕の手にある首飾りを睨《にら》んでいる。

次の手としては、これに難癖をつけてくるか？

だが、返ってきたのは意外な反応だった。

「なぜ……秘石がここにある⁉　ワシらの悲願、対のうちの一つがどうしてここにあるッ！」

それまでの爽やかで、貴人然とした声ではない。

ひび割れた老人の金切り声が重なり、混じっていた。

クロム伯爵になにかが起こっていた。

信じられない、なにかが。

「レナールの奴、これを知っているのか⁉　計画は、計画は…………王都はどうなっている⁉」

絶叫しながら、わけのわからないことを喚《わめ》いている。

クロム伯爵の目は、ルビーに釘付けだった。

突然の異様な光景に、反乱派のエルフたちが駆け寄る。

「ど、どうなさったのです……使者殿⁉　あなたが頼りなんですぞ‼」

「そ、そうじゃ！　あれは単なる宝石に装飾品、そなたの黄金のほうが……‼」

「……黙れ！」

クロム伯爵が冷たく言い放ち、剣の柄に手をかけた。
馬鹿な、どうして剣を⁉
「危ないっ！」
僕が言い終わる前に、クロム伯爵は剣を抜き放っていた。
あまりに唐突だ、反応できない。
ミスリルの青白い刃が、容赦なく振るわれる。
駆け寄ったエルフを、躊躇なく斬ったのだ。
エルフが倒れ、クロム伯爵は僕に剣を向ける。
その先にあるのは僕の首飾り――いや、真紅のルビーだった。
欲望に汚く顔を歪ませ、クロム伯爵が絶叫する。
今までの貴族の面影は消え失せていた。
「秘石をォォ！《神の瞳》を渡せぇぇぇ‼」
突然の凶行に、会合は騒然となる。
僕でさえ反応が遅れていた。
エルフに警戒されないよう、僕は剣も持ち込んでいなかったのだ。
相手は完全武装だ、素手ではどうにもならない。
しかし数人のエルフは素早く剣を取り、魔術を解き放つ。
精霊術と風の刃が殺到する。

だが、鎧の防御力に魔術は効果をなさないようだ。

クロム伯爵の身体の前で、魔術がかき消える。

それでも、エルフは仲間を殺されて色めき立っていた。

「乱心しおったか、伯爵!!」

「取り押さえるのじゃ……！」

四方から来るエルフに、クロム伯爵は怒声を飛ばす。

まるで地の底からの雄叫びだった。

「消え失せよ、雑魚《ざこ》がッ！」

クロム伯爵は白銀の剣を、地面に突き刺した。

黒い力が剣を通っていく。

僕は瞬時に、信じられない魔力のうねりを感じ取った。

イライザの十倍の魔力が漆黒の波となって、一気に高台を舐めつくす。

ただの貴族には、到底ありえない力だ。

本当にクロム伯爵だったのか!?

「……ッ！」

波はまばたきほどの時で、高台を通り過ぎた。

僕に防げる魔力では、当然ない。

だが、右腕が薄く一筋切れた程度で済んでいた。

生温かい血が腕を伝わる。

なぜ無事かはわからない……もしやクロム伯爵の言った秘石か。

それよりも、皆は⁉

「シェルム、シーラ……！」

「な、なんとか無事です……」

シーラとシェルムは手をかざし、緑の防御魔術を展開していた。

おかげでなんとか、クロム伯爵の魔術をやり過ごしている。

とはいえ、彼女たちの代償は明らかだ。

顔色が一気に青ざめ、魔力が底を尽きかけている。

見回すと、何人かは自らの魔力で防御していた。

他のエルフ数十人は、一斉に地面に倒れだす。

心が凍る光景だった。

たったこれだけで、数十人が死んだのか。

とても信じられなかった。

クロム伯爵が僕を見据える。

老人の声が不気味に響いていた。

「ワシの死の波動もこの程度か……。ふぅむ、この身体……動かせても全力が出せん」

「お前は……いったいなんだ⁉」

「……ワシか？　いいだろう、ここにいる奴はどうせ死ぬ。ワシは再誕教団、大司教……そしてブラム王国のクロム伯爵だ」

再誕教団……。

全く記憶にない名前だった。

それにあくまでも、クロム伯爵と言い張るのか？

僕の疑問をよそにシェルムが怒りを秘めて、声を張り上げる。

「正気ですか……ここには数百人のエルフがいます！　いくら力があっても、たった二十人でどうこうできるわけが……！」

「クハハハハ…………笑わせるな！　エルフ風情がワシの力を推し量るか!?　大司教は災いの使徒、破滅の先触れに他ならん！」

クロム伯爵が左手を、指揮するようにすっと振った。

わずかな魔力が放たれていた。

それだけで、倒れたエルフたちが起き上がる。

しかし動きはぎこちなく視線は虚《うつ》ろ、生気を失《な》くしていた。

冷たい予感が脳裏を走る。

僕も何度か討伐したことがある、動く屍《しかばね》だ。

「これぞ、我が神の力よ……！　ワシの眼前で死す者、一切の区別なく下《げ》僕《ぼく》となるのだ!!」

「……アンデッド!!」

それは、大陸で禁じられた力だった。

自然発生のアンデッドは、どの国でも起きうる。

しかし人為的にアンデッドを生み出す死霊術は、どこでも死罪のはずだ。

土気色の顔をしたクロム伯爵と老人の声、やっと結びついた。

クロム伯爵は、アンデッドと化していたのだ。

それにしてもブラム王国は、死霊術師と手を組んでいたのか。

僕も噂で聞くだけで、使い手を見たのは初めてだった。

「その身体は……身体だけはクロム伯爵なのか!?」

「そうとも、小僧。ワシが動かしておるのだ……もっともエルフたちを煽動するのに役立つゆえ、多少の自我や記憶は残して利用しているがな。死霊術を振るうには伯爵の意識は邪魔だが……」

剣を地面から抜き、クロム伯爵が僕に向かって首を傾げた。

その表情は、婚約破棄のときを思い出させる。

僕を明らかに見下し、軽く値踏みする視線だった。

「しかしワシの中のクロム伯爵が、大層お前に興味を持っている。貴様《きさま》、エルフではないな……？」

「……だったら、どうする」

不敵に口角を上げて、クロム伯爵が剣を振りかざす。

また、激しい魔力の胎動を僕は感じた。

「ふん、暴くまでよッ！　剣よ、真実を映し出せ！」

白銀の剣から閃光が放たれる。

まぶしさに目を奪われると、顔が熱を帯び始めた。

聞いたことのない魔術だった。

熱い、顔中が……！

たまらず僕は顔を覆い叫んでしまう。

「ぐあああっ……！」

幸い、熱はすぐ去っていく。

手のひらの下にある皮膚がうごめき、形を変えていくのがわかる。

僕は変装が解除されたのを悟った。

魔術を無効にするとは、とんでもない剣の力だ。

僕はうめくしかなかった。

「ぐぅ……！」

「ほう、これはこれは……なんという巡り合わせだ⁉　クロム伯爵も驚いている！　……ジル男爵ではないか‼」

正体がばれたが、もう関係なかった。

これほどの力があれば、会合の行方なんて些細なことだ。

いざとなれば、皆殺しにしてアンデッドにすればいい。

そして、王都に向かわせればいいのだ。

「貴様に恨みはない。ただ哀れな小僧ゆえな。……だが、エリスの婚約者であった貴様を生かしておく理由もない！」

クロム伯爵と老人が、奇妙に混じっていた。

二人の意識が重層的になって、僕に殺意を放っていた。

立ち上がるエルフのアンデッドは、他のエルフを襲いアンデッドにするのだろう。

クロム伯爵を止めなければ、全員が殺され、アンデッドの大軍と化してしまう。

「シーラは……エルフの皆を頼む。騎士たちに殺されたのもアンデッドになるなら、手に負えない」

「戦うつもりですか⁉　無茶です……！」

「君はもう魔力に余裕がない。魔力がなければ僕のほうが強い。それに……僕にはこれがある」

手の中の赤い宝石が、脈打つように明滅している。

大した魔力がない僕が無事なのは、この《神の瞳》のおかげだろう。

仕組みはわからないが、死霊術を防ぐ代物なのは間違いない。

クロム伯爵も、魔力は有限だ。

死の波動は恐るべきものだが、魔力の消費も桁違《けたちが》いのはず。

無駄とわかっているのに、連発はしない。

白銀の剣を無造作に持って、クロム伯爵が僕に近寄ってくる。

正味の力なら、とても敵わない相手だ。
クロム伯爵も死霊術を見せた以上、僕たちを生かして帰すわけがなかった。
ディーン王国や聖教会が知れば、全面戦争になるだろう。
お互いに戦うしか生き残る道はない。
右腕に流れる血に、僕は意識を傾ける。
すぐに血は腕に巻きつき、そのまま剣となった。
今、まともに戦えるのは僕しかいない。
僕が食い止めるしかない。
それに、クロム伯爵にだけは殺されたくない。
かつての勝ち誇った顔そのままに、クロム伯爵が僕を見る。
忘れもしないその顔が、僕の心を燃やしていた。
「いくぞ……！　クロム伯爵ッ!!」
僕は右脚を前にして駆け出していた。
短時間で勝負をかける。
アンデッドならば、多少の傷も無視されてしまう。
消耗戦では、圧倒的に不利だ。
《神の瞳》を懐に入れて、集中する。
血の刃に鞭《むち》をつくり、不意をつく。

単純だが、効果的なはずだ。

狙うのはただ一つ、クロム伯爵の頭部だ。

自然発生のアンデッドには、ろくな自我はない。

自分が動けなくなるまで、人を襲い続ける。

だが、クロム伯爵の意識が残っているなら——逆にそこは生身と同じ重要性があるはずだ。

他のブラムの騎士は、エルフたちと戦闘になっている。

こいつらも恐らくアンデッドだろう。

僕とクロム伯爵は間合いに入る。

クロム伯爵の足さばきは、ぎこちない。

身体をうまく扱えていない！

互いに剣を振りかぶり、刃を交える。

剣が触れる瞬間、赤く染まった刃がうめき曲がり、蛇になる。

旅の間に、僕も練習を重ねていた。

盗賊と戦ったときよりも、はるかに素早く形を変えて迫っていく。

クロム伯爵が驚きの声を上げる。

「ヌウッ！　魔術ではなくスキルか!?」

遅い、すでに血の蛇は眼前だ。

僕の刃がクロム伯爵の額を貫き——直後、クロム伯爵が血の蛇を左手で鷲掴《わしづか》みにする。

「なっ……！」

「ぬぅぅぅ……‼」

細身とは思えない怪力で、僕は刃ごと放り投げられる。

確かに貫いたが、効果がない！

投げられたが、雑な力任せだった。

受け身を取り、僕はすぐに体勢を立て直す。

クロム伯爵は、額と左手から血を流している。

傷にも血にも、まるで無頓着だった。

やはり――完全にアンデッドだ。

「危ない危ない、操作系のスキルか……貴様のスキルは《血液増大》ではなかったか？　いつそんなものを身につけたのだ……油断ならないな」

少しは頭部を貫いたはずだが、言葉にも乱れはない。

駄目か、クロム伯爵は余裕だ。

周りはアンデッドとエルフの魔術や血が飛び交う、地獄になっている。

「頭を狙うのは悪くない、クロム伯爵よりも察しがいい。しかし……そもそもクロム伯爵の肉体は問題ではない」

クロム伯爵が魔力で、鳴動する鎧を叩いた。

低い金属音が鳴り、その動作の意味を僕は悟る。

「……力の源は鎧か」

「いかにも、ワシの魂は鎧に宿っている。鉄壁にして至高の肉体よ。宿主となる身体は必要だが、並のアンデッドと比べて耐久力は桁違いだ」

クロム伯爵は相当の自信だが、あながち過信でもない。

さっきも、エルフの魔術に無傷だった。

鎧とこいつ自身の二重防御は、僕が壊せる代物ではなかった。

「もう気づいているだろうが、死霊術の力は《神の瞳》の前では大きく弱まる。操作系の貴様を殺すのは……中々に面倒だ。この身体にはまだ使い道があるのでな、あまり傷物にしたくない」

やはり、予想通りの力を《神の瞳》は持っていた。

とはいえ、防げるのは死霊術だけだ。

剣で斬られれば、僕は死ぬしかない。

クロム伯爵は両腕を広げる。

役者のような雰囲気が戻ってきていた。

「《神の瞳》を渡せ。そうすれば命は助けてやる。ワシの望みは、それだけだ!!」

いきなりエルフを斬って、何を言っているんだ。

今だって配下のアンデッドはエルフと殺し合いをしていた。

こいつには、自分の都合しかない。

ただ死に損なった悪《あ》しきアンデッドだ。

妥協の余地なんてあるはずない！

「断る……!!」

「……ふん、ディーンの人間は何百年経っても変わらんな。頑固者、正義面《づら》した奴ばかりだ。やはり虫酸《むしず》が走る……!!」

吐き捨てたクロム伯爵が、正当派剣術の構えを取った。

剣術なら僕に分があるせいか、もう力任せに向かってはこない。

周りの戦いは泥沼だ。

もしアンデッドに囲まれれば、おしまいだ。

打開したいが僕にも手がない。

血の刃で魔力みなぎるあの鎧を貫くのは、とても無理だ。

弓をつくっても力不足だ。

決定打にならない。

……いや、待て。

鎧で、身体を――無理やり動かす。

クロム伯爵はそういうことをしている。

「やるしかない……!!」

僕は、《血液増大》で腕から一気に血を噴出させる。

鉄の匂いが満ちて、血だまりが水溜まりのように広がる。

クロム伯爵はまだ動かない。
僕のしようとしていることに、気づかない。
大切なのは、想像だ。
鎧、鎧、鎧……身体を覆いつくすほど、巨大で重厚……。
波打ち、匠《たくみ》の技……鋼鉄の不破《ふわ》の鎧……。
必要なのは、圧倒的なイメージだ。
神から与えられたスキルを活かすのは、世界をねじ伏せる想像力だ。
僕の血が渦巻き、足からもも、下半身から上半身へと昇っていく。
あっという間に、血が僕の全身にまとわりつく。
生温かさも色合いも、僕の《血液操作》で思い通りになる。
冷たく、硬く、鋼のように！
二つのスキルを最大限に使い、僕は血の鎧をつくり上げていた。
モデルは、目の前のクロム伯爵の鎧だ。
魔術文字が描きこまれた、美しくも呪われた鎧。
腕を振るおうとすると、ちゃんと追随する。
籠手《こて》とともに、指先も動いてくれる。
第二の身体のようなものだ。
僕の鎧を見てクロム伯爵は、不愉快そうに眉《まゆ》をつり上げる。

「貴様……なんの真似だ？　付け焼き刃の猿真似で、まさかワシの鎧に勝ると思ったのか」

「いいや……だけど、僕にできるのはこれしかない！」

僕は賭けた。

目の前のクロム伯爵は強い、強すぎる。

ディーンが誇る《三騎士》を超えるかもしれない。

だが、勝ち目はまだわずかにある。

「ゆくぞ……‼」

身体と一緒に、精神力で血の鎧も動かす。

生死の境に極限まで意識を高める。

僕の思い通りになっている！

イメージが強制的に身体を動かし、今までよりも加速する。

骨と筋肉ではない。

中と外の血が呼応して、力になっていた。

肉体だけでなく精神そのものが、身体を突き動かしているのだ。

「愚《おろ》か者め、一刀両断にしてくれるわ！」

大上段に剣を持ち、クロム伯爵も走りだす。隙《すき》だらけで、防御は考えていない構えだ。

当然だ、僕のスキルでクロム伯爵の鎧は壊せない。

しかし、そこに付け入る隙がある！

「死ねぇぇい‼」

死の一撃を振り下ろそうとするクロム伯爵に、僕は手を伸ばす。

さっきと違い、狙うのはクロム伯爵の腕のほうだ。

捕らえろ、食らいつけ、僕の血よ！

血の蛇がクロム伯爵の腕に巻きつき、勢いを削《そ》いでいく。

それでも、クロム伯爵は構わず踏みこんでくる。

「無駄なあがきだ!!」

またも怪力で振りほどかれそうになるが、今度はそうはいかない。

矢継ぎ早に、次のイメージを組み立てる。

これは、そんなに複雑なものじゃない。

足から血をのばして、自分を地面に釘付けにする。

接地している足をしっかりと、食いこませるのだ。

「ぬぅ!?　味な真似を……!!」

僕の狙いは悟られていない。

この一瞬、クロム伯爵が止まればそれでよかった。

「僕の……勝ちだ!!」

息も絶え絶えに、僕は言い放った。

この鎧は、僕の血でもある。

つまりクロム伯爵の左腕の血と、僕の血が触れていた。
アンデッドと化した血は、魔力を帯びていない。
クロム伯爵の血も、今なら《血液操作》で操れる。
僕は必死に、破壊的なイメージを送りこむ。
ねじれろ、固まれ、刺《とげ》になれ！
残酷なようだが、これしかない！
「なっ……がっ⁉」
クロム伯爵が苦しげにうめく。
本来なら他人の血を操作するのは、こうは上手《うま》くいかない。
魔力があるために、十分に効果を発揮しないのだ。
だが、すでに死んで操られているだけのクロム伯爵は、どうだ⁉
血に魔力がもうないかもしれないと踏んだのだ。
鎧で動くだけの中身なら、ありうる話だった。
確信したのは、さっき血の蛇で貫いた一瞬だ。
もう脱《ぬ》け殻《がら》同然だった。
あとは、組み付けさえすればいい。
スキルでクロム伯爵の肉体を、内部から破壊したのだ。
「ぐぐっ……こ、こんな……小僧に‼」

クロム伯爵の身体から力が抜けて、膝をつく。

すでに腕から脚と、僕のスキルが駆け巡っていた。

もう、クロム伯爵は立ち上がれない。

呼応するように、エルフのアンデッドが続々と崩れ落ちる。

主人たるクロム伯爵からの死霊術が、弱まったのだ。

戦い続けているのは、一緒に連れた騎士だけになっていた。

「……終わった……!!」

僕は、ゆっくりとクロム伯爵から離れた。

もし傷を塞《ふさ》がれていたら、終わりだった。

鎧に頼りすぎたゆえの敗北だ。

クロム伯爵も、永遠の眠りにつくだろう。

いくら憎い相手とはいえ、アンデッドの姿は忍びなかった。

「……ジル男爵」

「クロム伯爵っ!?」

目にわずかな光を灯し、クロム伯爵がささやいた。

今までの妄執と醜さが薄れている。

まるで別人になったかのようだった。

「ああ、目が覚めたようだ……俺は、俺は……死んだのか？　それとも、もう一度死ぬのか……？」

もうろうとした、クロム伯爵の喋《しゃべ》りだった。

「クロム伯爵……あなたは死んだと聞いている。今も完全に致命傷だったはずだ」

肩で息をしながら、僕は答える。

額を貫き、四肢を内部から破壊した。

鎧だけを半分解除して、僕も顔をあらわにする。

アンデッドでなければ、ありえない耐久力だ。

クロム伯爵もある程度は、自分のことがわかっているようだった。

「……そうか。エリスは、エリスのことは知っているか……？」

エリスのこと。

僕の胸がうずく。

クロム伯爵は、エリスを想っているのか。

信じたくも、聞きたくもなかった。

「王宮にいるよ……あなたのようにはなっていない」

表情は変わらないが、安堵の気配が伝わってくる。

それだけで、僕はいたたまれなくなる。

「ならいい……俺はどうやら利用されていたようだな。まぁ、望んだ結果だ」

クロム伯爵が僕を見上げる。

死ぬ前とはいえ、どうにもクロム伯爵は様変わりしていた。

何か原因があったのだろうか。

あるとすれば——乗っ取られていたせいか、《神の瞳》か？

事切れそうなクロム伯爵の瞳に、もう一つの意志が宿った。

「あと心残りは……妹だ。リヴァイアサン騎士団長のロア……俺の自慢の……」

「…………！」

「筋合いじゃないが……お前にしかもう頼めない。ロアは……王都に向かっているはずだ」

やはりリヴァイアサン騎士団、ブラム王国が動いていた。

時間差からすると、もう間がないはずだ。

それにしても、まさかクロム伯爵が僕に何かを頼むなんて。

信じられない気持ちだった。

死霊術でおかしくなっているとしか思えない。

「ロアもろくに教団のことを知らない。使い捨てにされる……俺と同じように」

すがるような声だった。

僕は、そんな頼みをされるとは思ってもいなかった。

「僕には……」

「……舞う蝶のような……」

そこだけは力をこめてクロム伯爵が、

「ロアの剣技を見て……俺が褒めた言葉だ。……ロアも気に入っていた。二人だけの言葉だ……」

ついにクロム伯爵の言葉が、途切れ始める。

しかし、まだ目の光は消えていなかった。

「……誓ってくれ……妹を……助けると」

最期に、勝手すぎる願いだ。

僕が聞くとでも、思っているのだろうか？

「あなたが僕に何をしたのか、忘れたのか⁉」

僕は声を荒らげる。

こんな頼みごと、聞く必要はない。

なのに、もう一人の僕はクロム伯爵から目が離せない。

兄と妹。僕にも妹がいる。

「《神の瞳》が王都を離れれば……どのみち世界は終わりを迎える。死霊術がのさばる……」

「それは……どういう意味だ、クロム伯爵」

クロム伯爵の顔から、完全に生気が消えていた。

結局、僕の怒りの前に事切れていた。

頼まれるだけ頼まれて逃げられた。

そして本当の意味で、彼は死んだのだった。

「ジル様ッ！」

僕を呼んだのは、高台に登ってきたイライザだった。

ところどころ土埃がついているが、無事そうだ。

アンデッドに後れはとらないとは思っていたけれど……心の底からひと安心だった。

恐らく、他のアンデッドと戦っていたのだろう。

高台の下にも騎士はいたのだ。

それも制圧したらしい。

戦い全てが終わったのだ。

イライザは、息を切らせて僕を心配していた。

「ご無事ですか……!?」

「なんとかね……」

クロム伯爵の顔を見たイライザが、驚愕する。

外交役なだけはある。

彼の顔を知っていたらしい。

「彼は……！」

「アンデッドだとさ。気をつけて、鎧が本体だ。まだ壊せてないから……」

僕が矢継ぎ早に言うと、イライザは眉を寄せる。

何かあるのか？

イライザは手をかざし、クロム伯爵を調べ始めた。

「……魔力は剣のほうから……」

「なっ……⁉」

そのとき、クロム伯爵の剣が反転した。

見えない誰かが、握るように空に浮き——僕に飛んできた。

瞬時に身体を捻《ひね》るが、間に合わない。

そのまま、白銀の剣が僕の胸を貫いた。

衝撃、そして激痛が襲う。

「ぐっ……あああっ‼」

「ジル様ッ‼」

「寄るな……！　イライザ‼」

僕が言葉を振り絞ると、奇妙なことが起きていた。

全てが遅く、一瞬が引き伸ばされていく。

イライザの恐怖にひきつった顔が、突き刺さる剣の動きが、緩慢に見えていた。

そのなかで、僕の意識に老人の——クロム伯爵に重なっていた声の高笑いが入りこんでくる。

『クハハハハ‼　すんでのところで邪魔が入るところだったわ、小僧』

意識と意識だけが向かい合い、響き合っていた。

僕は、だまされたことに気がついた。

『剣が本体だったのか……！』

思い返せば、黒い波も変装を破った光も剣から放たれていた。

迂闊にも、鎧が本体という言葉を信じてしまった。

『そうとも……ここまでやらねばならんとはな。心臓を一突きで終わるはずが……。これはワシにとっても最後の手段よ。誇っていいぞ、小僧！』

剣を引き抜くしかないが、止まったかのように何もかもが動かない。

このままでは、まずい――！

『すでに貴様の意識は制御しつつある。ワシの声だけが聞こえ、止まって見えるだろう？　これが元に戻ったとき、貴様はワシの新たなる宿主となるのだ……!!』

何か、何かないか！

急速に僕の精神が磨耗していくのがわかる。

深い闇が迫り、侵食しつつあるのだ。

僕の意識が削れ、消え失せていくようだ。

『ワシは乗っ取った相手にしか、真に名乗らぬことにしておる。最後に聞くがいい……ワシは再誕教団、五芒星大司教が一人!!　グランツォだ！　クハハハハッ!!』

目の前が暗くなる。

スキルの血で剣を弾き飛ばそうにも、思考がまとまらない。

集中できない……！

『……なんだ？』

グランツォから、戸惑いの声が漏れる。

僕も薄れる意識と視界に、ありえないものを見た。

目の先に、光に包まれたクロム伯爵の姿がある。

肉体はそのまま鎧に閉じこめられていたが、もう一人のクロム伯爵がそこにいる。

全身が淡く乳白色に光っていた。

まるで何事もなかったかのように佇んでいる。

僕は、クロム伯爵の魂だと直感した。

死に際に魂が抜け出して、歩んでいる。

それだけではなかった。

クロム伯爵の魂が刺さった剣の柄に触れ、握りしめる。

『ありえん、どういうことだ!?　クロム伯爵の魂は、ワシが燃やし尽くしたはず！』

僕の目を見ながら、ぼんやりとクロム伯爵が言う。

まるで、誰かにまだ操られているかのように。

自分の意思では、ないかのように。

『《神の瞳》は……弱めるだけじゃない。呼び戻すことも、送り返すこともできる』

『やめろ!!　無駄だ、王家の血がなければ《神の瞳》は使いこなせんぞ！　悪あがきにすぎん!!』

血……王家の血!!

当然、手元にそんなものはない。

だけど、僕の血は操作できる！
運試しでさえないが、これしかない！
クロム伯爵が腕を引き上げようとすると、迫ってきていた闇が弱まった。
奇跡だ、奇跡が起きていた。
ほんの少しだけ、僕は意識が集中できるようになる。
スキルが《血液操作》ができるようになる。
頼む、僕の血よ！
《神の瞳》を目覚めさせてくれ。
僕だけじゃない。
グランツォの力なら、イライザもみんなも殺されてしまう。
僕は必死に、血を動き回らせていた。
もし《血液操作》が、神からの第二の授け物というのなら。
今こそ——示せ！
僕が魂の叫びをあげたとき、僕の胸から紅《くれない》の光が溢れだす。
それは光の線になって、剣を照らした！
グランツォが、咆哮《ほうこう》する。
信じられないものを、突きつけられたかのように。
『馬鹿なぁぁぁぁ!?　覚醒が、神の力が………こんな、小僧に!?』

グランツォは狼狽し、剣も震えている。
恐怖しているのだ。
真紅の輝きがますます強くなって、グランツォの闇を打ち払っていく。
ますますグランツォは荒ぶり、闇が引いていく。
『やめろ、やめろぉぉぉぉ!!』
紛れもない断末魔だ。
僕はいっそう強く《神の瞳》に祈りをこめた。
この暗黒を、死を嘲《あざわら》笑う者を消し去れと。
死者のあるべきところに、還《かえ》れと!
『終わりだ、グランツォ………!』
『あああっ!!　こんな、小僧なんぞにぃぃぃぃ……!!』
ついに、真紅の光が爆発する。
しかし、僕の手は動いてくれない。
そのとき、頷いたクロム伯爵が剣を僕から引き抜いた。
直後、視界一面が塗りつぶされる。
ついにグランツォの意識が――彼方《かなた》に吹き飛ばされた。
同時に紅の光も収束し、消え失せた。
終わった……勝った!

グランツォの意識は、僕の中から完全になくなっていた。

剣を引き抜かれた痛みや傷も、《神の瞳》のおかげか不思議に治っている。

それでも、奇妙な時間は終わらない。

その理由が、僕にはわかった。

クロム伯爵の魂が、まだ残されているのだ。

彼は、そのまま佇んでいた。

婚約破棄のときの見下してきた優男《やさおとこ》でも、エルフの会合のときの煽動する貴族でもない。

死を受けいれた覚悟の顔だ。

しかし僕はなんと言うべきか、わからなかった。

『……あなたに助けられるなんてね』

『ずっと霧の中にいた……。エリスとロアのこと以外は、うすぼんやりとしか……覚えておらん。今の俺は……所詮、ただの影だ。お前の心が映し出しているだけだ』

『映し出している……？』

そういえばグランツォは、こんなことを言っていた。

多少の自我や記憶は残して利用している、と。

『俺とお前は、助け合うことなどない仲だろう。《神の瞳》がそうさせているだけだ……』

クロム伯爵が言い終わると、奇妙な情景が思い浮かんだ。

きらびやかな鎧に、黒い短髪、野心的な女騎士の顔が意識に上ってくる。

見たことのない女性だった。

『これは……』

『妹のロアだ。一時的にだが、俺たちは繋がっている。……俺の記憶の断片が、お前と共有できているようだな』

『うえ……』

僕は、率直に嫌そうな顔をした。

ぞっとしない話だ。

『そんな顔をするな。ブラム王国の内情や魔術の知識、お前の無駄にはならないだろう』

『……だから、嫌なんだよ』

僕に融通なんてきかせないでほしい。

『そして、これだけは覚えておいてくれ……《神の瞳》は恐るべき兵器だ。あるべき場所に戻さねば大きな悲劇になるだろう……』

『グランツォが求めていたのは……そのためなんだね』

『ああ……本来はアラムデッド王都に封印されていなければならない』

クロム伯爵の持つ剣が、先端から灰になっていく。

呪われた鎧も、粒子となって風に吹かれていた。

グランツォの残滓《ざんし》が、徐々に消えていく。

クロム伯爵も光が薄れ、姿が不鮮明になってきている。

手を透かしながら、クロム伯爵が名残惜しそうに言う。
『……最期だな。どうか誓ってくれないか、ジル男爵』
身勝手な言い分だ。
だけれど、彼が助けてくれなければ乗っ取られていた。
それだけは、認めなければならない。
それに、クロム伯爵からもう一つ情報が流れこんできた。
いや、これは融合していたグランツォの知識か。
《神の瞳》は二つで一つ……両目が揃って意味がある。
そして《神の瞳》は封印そのものなのだと。
《神の瞳》は死霊術を抑える、蓋の役割を果たしている。
それが——あるべき封印の場所から僕の手に渡ってしまったのだ。
片方の《神の瞳》は、まだアラムデッドの王都にあるらしい。
戻さなければならない。
封印を守らなければ——大陸そのものが、死人の群れに沈むことになる。
それこそが、教団の目的なのだ。
だからこそ、グランツォはいきなり我を失ったのだ。
信じられないことだが、クロム伯爵から流れこむ危機感は本物だった。
恐ろしい計画は、まだ終わっていないのだ。

僕は――どうする？
決まっていた。もう後戻りはしない。
逃げるなんて嫌だった。
『わかった……。できる限りのことをすると誓う』
これは、紛れもない正義だ。
教団の野望を止め、ブラム王国も退かせる。
クロム伯爵がふっと微笑んだ。
こうして見ると、絵になるキザな男だった。
『でも、僕は……あなたのことは、好きになれない』
ぽつりと僕は言った。
別れ際だが、友人でもなんでもない。
憎い相手のはずなのだ。
『そうか……それでいい、どうせ俺はもう死んだ身だ……』
愉快そうに言うと、クロム伯爵の姿がかき消える。
少しの痕跡も残さずに。
同時に張りつめていた僕の意識も、暗転するのだった。

◆　◆　◆　◆

そこは、テントの中だった。
薬の匂いが、立ちこめている。
簡素だけれど、ベッドに僕は横たえられていた。
僕の目が覚めたとき、横にはイライザが腰かけていた。
この世の終わりみたいな悲壮な顔だ。
「ジル様……！　ああ、よかった！」
僕の顔を覗きこみ、イライザがため息を漏らした。
どうやら、あのまま僕は倒れていたらしい。
それを運んでくれたのだ。
イライザの他にシーラやシェルム、アエリア、そして何人かのエルフもいた。
全員が、心配そうに僕を見ている。
エルフの一人が、テントの外へと走りだしていった。
「目を、目を覚まされたぞ！」
テントの外から聞こえるざわめきが、大きくなる。
イライザが、僕の額に手をゆっくりと当てる。
「ご無事ですか……？　どこか、おかしいと思うところはありますか……？」
自分の胸に手を当てたが、傷は無さそうだ。

特に問題はない。

びっくりするほど、体調はいいのだった。

「大丈夫だよ……皆は？　アンデッドはどうなったの？」

「……アンデッドは滅びました……エルフの方々には、犠牲が出てしまいましたが……」

そうか、やはりか。

半ばわかってはいたが、残念だった。

「気になさらないでください。ご主人様がいなければ、皆殺しになっていました」

僕の無事を確かめたイライザが、難しい顔をしながら、

「それで……何が起きたのですか？」

ひと言で終わる話ではなかった。

つっかえながら、僕は高台からクロム伯爵の魂までのことを話した。

イライザはわずかに頷きながら、静かに聞いてくれていた。

質問もせず、ただ聞いてくれるのは嬉しかった。

とはいえ剣が僕に刺さった以後のことは、夢のようにつかみどころがない。

どこまで信じてもらえるかわからなかったけど、ひと通り全て話したのだった。

「……わかりました」

イライザの瞳に、燃えるような意志を感じた。

深く呼吸すると、イライザは言葉を続ける。

「私は――私たち、ディーンの宮廷魔術師はその教団を知っています」

僕は頷いた。驚きはなかった。

あれほどの力を持つ秘密結社だ。相当の歴史があって当然だ。

そういう知識なら、宮廷魔術師の右に出るものはいないはずだった。

イライザが、少しだけ顔を動かした。

「そして……ジル様も無関係ではなくなってしまいました。いえ、むしろ大いに……関与してしまいました」

まだ僕の首にかかっている《神の瞳》に、イライザは視線を向けたのだった。

イライザは話し始めた。大陸の闇に潜む死霊術の結社のことを。

「千年前から、教団と各国の戦いは行われていました。しかし三百年前の決戦を最後に、教団は歴史の表舞台から消えたのです」

そこまでは、僕もおとぎ話として聞いている。

悪い子どもをさらう死霊術師とか、ありふれた伝説としてだ。

「ジル様……ディーン王国は死霊術師と対決してきた人たちが建国したものです。ディーンの宮廷魔術師は古き誓いに従い、死霊術師とずっと戦い続けてきました」

ディーン王国は、建国から七百年ほどか。

表には知られていない闘争があっても、不思議じゃなかった。

「ですが宮廷魔術師と聖教会は、教団が表舞台から消えた後も断続的に死霊術師の活動らしきものを捉えていました。まさかこれほど大規模なことをするとは……思いませんでしたが」

死を操り生死を逆転させる死霊術は、大陸中にある聖教会が禁じている。

この掟を破るのは、大陸じゅうを敵に回すのも同じはずだ。

婚約破棄からの流れで、ブラム王国には侵攻のメリットがないと感じていた。

それは思い違いだったのだ。

彼らの目的は、アラムデッド王都にある《神の瞳》と封印だ。

クロム伯爵の話では《神の瞳》それ自体も兵器だが、もし《神の瞳》が王都から離れたままだと封印が弱まってしまう。

「……《神の瞳》の封印がなくなると、どうなるの？」

僕は、その答えを半ば知っている。

それでも、聞かずにはいられなかった。

「最悪の場合は神々に追放された《死の神》が甦り――大げさですが大陸が滅ぶかもしれません」

「人間やヴァンパイアを生み出した五つの神、それに反逆して地底に追いやられたという《死の神》だね……。まさに神話の世界の話だ……」

大陸の歴史が始まって千数百年は昔だ。

《死の神》を地上に呼び戻す――ゆえに、彼らは再誕教団と名乗っているのか。

僕でさえ、実感に乏しい。

イライザと僕以外は、呆気にとられている。

しかし、グランツォは言っていた。

自分は、五人の大司教のうちの一人だと。

あと四人……いやリーダーとなる教主がいるはずだ。

「とんでもない組織だね……」

手に震えが走る。

もしグランツォに近い力を持っていれば、再誕教団だけでも一国に匹敵する戦力になる。

それに、ブラム王国も加わっているのだ。

アラムデッド王都に、これ以上ない危機が迫っていた。

それに《神の瞳》を使った僕には、この神の遺産も恐ろしいものに思えていた。

クロム伯爵の魂を呼び出したのは間違いなく《神の瞳》だ。

そしてクロム伯爵が僕を助けてくれたのも、《神の瞳》のおかげだった。

今ならわかる。

クロム伯爵は、僕を助けざるを得なかったのだ。

《神の瞳》は、死者の魂を呼び出すだけではない。

所有者の都合のよいように、魂を使役する力が秘められている。

だから――彼は物わかりがよくなって、僕の嫌いな性質が薄れていた。

妹のことは本当だとしても、無意識に僕と合うような気質を持たされたのだ。

もしかしたら、こちらが本当の使い方なのかもしれない。

死者の安寧《あんねい》を奪うだけでなく、自分の思うように魂を使役できる。

単に命じられるまま、暴れるだけのアンデッドではない。

本人の記憶を持ちながら操れるのだ。

しかも、死者の魂は逆らうどころではない。

協力してくれるのである。

こんな冒瀆《ぼうとく》的な代物は他にないだろう。

「例えば《神の瞳》を戻せないかな？　アラムデッドの都に」

僕の中にある正義が訴えていた。

《死の神》まで蘇らなくても、死霊術が溢れ出ればこの世の終わりも同然だ。世界の秩序が乱れ——死者で埋め尽くされる。

ブラム王国が死霊術の力を手にすれば、大陸制覇に乗り出すだろう。

そうでなければ、ここまでの事はやるはずがなかった。

「でも危険じゃないですか……？　《神の瞳》を持ってアラムデッドの王都に戻るなんて」

「王都の防備と封印を破る準備はしてるはずだ……放っておいたら、手遅れになるかもしれない。

王都にある残りの《神の瞳》を取られたら……終わりだ」

死霊術師は、この世界にあってはいけないものだ。

ディーンに戻るつもりだったけれど、このままでは戻れない。

意味は……勝ち目はあるのだろうか？

ある、これは僕にしかできない。

《神の瞳》を一部だけど、僕も使えるのだ。

死霊術を極めた再誕教団に対抗するのに、《神の瞳》は有用だ。

奪い取られる危険はあるが、奴らの思惑の裏をかける。

まさか自分たちの求める《神の瞳》が、敵に渡っているとは思わない。

それにクロム伯爵の妹、彼女を止めるのもある。

不確定要素は大きいが、それは敵も同じはずなのだ。

「私には死霊術に対抗して、封印を守る責務があります……建国からの願い、先人の誓いに背は向けられません」

イライザが、決意をあらわにしてくれる。

「ご主人様が行かれるところなら、火の中でもついていきますです」

シーラとエルフたちが、頷き合う。

「……この国は私の国です。どうであれ死霊術師の好きなようには、させたくありません」

不安をちらつかせながらも、アエリアが応える。

僕の心は決まっていた。

胸にしまってある、金飾りを握りしめる。

元はエリスの婚約破棄から始まり、逃げ帰る途中だった。

今、僕はそれをやめる！

ここから逆転するんだ。

運命の、仕組まれた陰謀を破るんだ。

「封印を――《神の瞳》を戻しに行こう！」

そうと決まれば、急がなければ。

すでに、エルフたちにも魔の手が伸びていたのだ。

王都への攻撃が始まるまで、猶予はない。

そう思いながらテントを出た僕の前に、数百人のエルフが並んでいた。

教団との戦いに生き残った人たちだ。

エルフたちは僕の姿を認めるや、一斉にひざまずいた。

その最前列には議長がいる。

紛れもなくエルフたちは、僕に忠誠を示していた。

「……ジル男爵様」

厳《おごそ》かな声で、議長が語りかけてくる。

「アンデッドより我らをお守りくださったこと、心より感謝申し上げます」

「顔を……上げてください。アンデッドは大陸に生きる全ての敵です。当然のことをしたまでです。それよりもあなた方に犠牲が出てしまったこと……申し訳なく思います」

議長が静かに首を振り、

「もったいないお言葉……。一時でもブラム王国の甘言に惑わされた我らに、落ち度があります。

そして……お休みの間にイライザ様より事のあらましはお聞きいたしました！」

振り向くと、イライザが頷いている。

多分《神の瞳》のことは伏せているのだろう。

エルフたちは皆、武器を携えている。

顔には闘争心が満ちていた。

この意味を僕は悟った。

「僕と一緒に、戦ってくれるのですか？」

「ジル男爵様と共に戦う栄誉を、お許しくださるならば！　同胞を死に追いやった死霊術師に鉄槌《てっつい》を下すのならば！」

「我らをお導きください！」

「仲間の仇《あだ》を！　俺らの村を守るために！」

胸が高鳴った。

僕は間違っていなかった。

目の奥が熱くなる。

これほどの人たちが、僕についてきてくれる。

ディーンに生まれた者なら——応じるしかない！

僕は、あらんかぎりの大声を振り絞った。

さらに力強く右腕を掲げる。

「わかりました。あなた方の命、お預かりいたします！　我らの前にたとえ死があろうとも！」

『おおおおおお!!』

エルフたちが一斉に立ち上がる。

全員が鬨《とき》の声を上げる。

いつの間にか、曇り空は晴れていた。

太陽が僕たちを白く照らしてくれている。

正義のため、この大陸に住まう者のために。

再誕教団を打ち砕き、あるべき封印を守るために。


「行こう、アラムデッドの王都へと！」

エピローグ　約束できない言葉

僕の意識がない間に、準備はできていた。

テントはほとんど片付けられて、最終確認の段階だ。

僕やイライザが乗るのは、ブラム王国が高台へ乗りつけてきた飛ぶ馬だ。

調べたところ、罠はないし質も申し分ない。

元々はペガサスの血を引いており、白の毛並みがつややかに美しい。

翼はないが、魔術によって空を飛べるのだ。

すでに魔術は切れかかっているけれども。

グランツォほどの魔力がない僕たちには使えてもあと数回、しかも長距離は無理そうだった。

それでも、普通の馬より遙かに優秀なのだ。

馬のたてがみを撫でると、気持ちよさそうにいななないてくれる。

どうやら、僕を乗せるのは問題ないようだった。

馬を見つめる僕に、イライザがゆっくりと近づいてくる。

「ジル様……一つだけ約束してください」

「《神の瞳》のこと……？」

《神の瞳》の力は未知数だ。

少なくとも死霊術を弱め、死んだ魂を味方にする力はある。

しかし、それ以上は今はわからない。

イライザもさすがに、伝説や神話以上のことを把握しているわけではないのだ。

「そうです……教団に対抗するのに《神の瞳》を使うのは避けられないでしょう。でも死者の魂を呼び戻し、問いかけるのはやめてください」

言わんとしていることはわかる。

単に敵の死霊術を弱めるのと違い、魂を使役するのは死霊術そのものと変わらない。

グランツォの魂を呼び出せば、いろいろなことがわかるだろうが——もし制御できなければ大惨事だ。

今は、試す気にもならなかった。

「わかってる。僕も、死者の眠りを妨げるつもりはないよ」

そのとき、イライザの顔に悲しみがよぎった。

僕の手をぎゅっと両手で握る。

熱い、僕はそう思った。

「それだけじゃありません……。なんであれ死者の知識を使うのも、避けてください！　どんな副作用があるか……危険です」

「……それは」

由来もわからない遺物からの、ありえない経路で得る知識だ。

考えないわけではなかったけれども。

「ジル様……死霊術は歪曲、退廃、堕落そのものです。どのような死者の知識も同じです。もし何かあったとしても……それに頼ってはいけません。聞いてはいけないのです」

イライザは必死に懇願する。

握られた手に、力がこもっていた。

僕は――頷く。

イライザの懸念はもっともだ。

僕よりも、死霊術についての脅威を熟知している。

そのイライザが言うのだ。確かな危険があるのだろう。

でも、予感は払えなかった。

イライザに確かな約束も口にできなかった。

もし《神の瞳》を使うことで、誰かが――例えばイライザが助かるなら。

大陸を救えてしまうなら。

僕は迷わずその選択をするだろう、と。

閑話 背に触れて

エルフ村への道中、ブラックリザードとフェザーフロッグを倒した夜のことだ。
私たち一行は、確保した泉に荷物を広げて野営地としていた。
昼間、馬に強化魔術をかけ続けた私はかなり疲れていた。
空色の髪をまとめて、少しだけ地面に腰を下ろす。
あまり荷を持ち出せなかったので、野営といっても小さな天幕が二つだけだ。
虫の鳴き声もなく、焚き火の薪が爆《は》ぜる音だけが荒野に響く。
あとは時折、風が砂を舞い上げるだけだった。
護衛の騎士は、交代で見張りに立ってくれている。
身体を清めたい人間は、天幕の一つに隠された泉の端に行くのだ。
ざっとモンスターの血を落としたジル様は、もぞもぞと身体を揺らしていた。
さっきの戦いで相当の返り血を浴びたのだ。
モンスターの血は毒ではないが、やはり不快感はあるだろう。
身体の前面は自分で洗えるから、残る血は背中側だろう。
私は――座るジル様に近づき腕を取った。
細いけれども、ちゃんと筋肉が付いている腕だ。

一瞬、私を押し倒したときを思い出してしまった。

赤くなりそうな頬を伏せてしまう。

「イライザ……？」

疑問の様子をうかべるジル様に、

「もう一度、泉へと行きましょう。お背中を清めます……ジル様」

「い、いいよ……自分でできるし……」

「私たちを助けるためだったのに、ですか……？」

背中を流すことくらい、大したことはない。

私はむしろこういう何気ないことをこそ、頼ってほしかった。

じっと、少しだけジル様の顔を見つめる。

少しの沈黙が二人の間に流れた。

ジル様はたじろぎ、

「わ、わかったよ……」

なんとか承諾してくれた。

天幕の後ろまで二人で歩いていく。

ここでも二人きりだ。

星と月明かりだけが照らしてくれている。

恥ずかしがるジル様は、天幕でぱっと上着を脱いだ。

モンスターの血が入り込み、背中が青白く汚れている。

「《血液操作》でも動かせないんだ……」

「……モンスターは魔術に強い種類が多いですから、それかもしれませんね」

「やっぱりそれか……」

ため息をついて、ジル様は泉の端に腰かける。

背を前にして、私は軽く息を吐いた。

愛する人の背中――だ。

腕や顔ではなく、初めてジル様の身体を目にした。

いけないいと思っても、私の胸が高鳴る。

「あの……イライザ？」

「あっ、すみません……！」

私は、布切れを泉に浸してジル様の背中を洗い始める。

ゆっくりと背の筋肉を確かめるように。

時間をかけて布を上下させる。

こんな機会は、もう二度とないかもしれない。

『もっと……触れたい』

私の中に抗《あらが》いがたい欲望がにじみ出てくる。

ディーン王国に戻れば私の役割も、一度終わる。

少なくとも、ジル様の補佐ではなくなるはずだ。
元々の立場が違うのだ。
ジル様は男爵に戻り、私は宮廷魔術師に戻る。
同じ国でも、普通なら接点はほとんどない。
再会さえ何時《いつ》になるかわからない。
今の関係、距離はありえない奇跡なのだ。
そう思えば思うほど、想いは募る。
ジル様はエリス王女が来た夜から、吹っ切れたところがある。
あの夜について話してくれた内容が全てではないだろう。
きっと——決定的な何かがあったのだ。
それが何かはわからないにしても。
『例えば今ここで……背に抱き着いたら？　ジル様は……』
駄目だ、私は心の中で却下する。
私には、伝えたいことが山ほどあるけれど。
もっと正面からジル様と向き合いたかった。
肉欲をかすめるような愛なんかではなく。
そう、私は自己嫌悪をまだ抱えている。
この愛は純粋でも、まともな状況でそれを伝えられてはいない。

いつも、エリス王女の後に私は言うだけだった。
最初は婚約破棄の直後で、次はスキル鑑定のとき。
三度目はあるだろうか？
もしかしたら、ないかもしれない。
それでも、私にも譲れない一線はある。
今、逃げている途中で告白なんてできなかった。
水気を足しながら、ジル様の背をこすっていく。
もう汚れはほとんど落ちていた。
すぐにでも二人きりの時間は終わってしまう。
名残惜しい……もっといたい。
心のままに振る舞えたらどんなにいいだろう。
でも私には無理だ。
宮廷魔術師の義務と誓いが、私にとっての全てだ。
貴族の愛人の子であり——今まで育ててくれた母を裏切れない。
私は、エリス王女のようには決してなれない。
なりたくもなかった。
『でも……ジル様が私に寄り添うことを望んでくれたときは……』
立場が許す限り、私はジル様を助けるだろう。

ジル様が望むだけ、そうするだろう。
もう少しだけ、もうちょっとだけ待とう。
すでになにもかもが変わりつつある。
よくも悪くも、起きてしまっているのだ。
ジル様が前向きになってくれたら——何かが反転したら。
そのときこそ三度目だ。
私は静かに、けれども揺るぎない決心をした。

ノクスノベルス

紅き血に口づけを ~外れスキルからの逆転人生~ 1

2018年4月20日　第一版発行

【著者】
りょうと かえ

【イラスト】

ながれぼし

【発行者】
辻 政英

【編集】
中村 崇（株式会社サンプラント）／朝倉佑太（株式会社サンプラント）／上田昌一郎

【装丁デザイン】
東郷 猛（株式会社サンプラント）

【フォーマットデザイン】

ウエダデザイン室

【印刷所】

図書印刷株式会社

【発行所】
株式会社フロンティアワークス
〒170-0013 東京都豊島区東池袋3-22-17 東池袋セントラルプレイス5F
営業 TEL 03-5957-1030　FAX 03-5957-1533
©RYOUTO KAE 2018

ノクスノベルス公式サイト
http://nox-novels.jp/

本作はフィクションであり、実在する、人物・地名・団体とは一切関係ありません。

本書のコピー、スキャン、デジタル化等の無断複製、転載、放送などは著作権法上での例外を除き禁じられています。本書を代行業者の第三者に依頼してスキャンやデジタル化することは、たとえ個人や家庭内での利用であっても著作権法上認められておりません。

定価はカバーに表示してあります。乱丁・落丁本はお取り替え致します。

※本作は、「小説家になろう」（https://syosetu.com/）に掲載されていた作品を、大幅に加筆修正したものとなります。